THOMAS WOLFE

Oktoberfest

Eine Erzählung | A Story

«München hat mich beinahe umgebracht.»
"Munich almost killed me."

Ein Brief | A Letter

Herausgegeben von | Edited by
Horst Maria Lauinger

MANESSE VERLAG
MÜNCHEN

Ein literarisches Wiesn-Schmankerl
anlässlich des 200-Jahr-Jubiläums 2010

A literary tidbit from the Munich Beer Festival
in celebration of the 200 Years Anniversary 2010

Gewidmet | Dedicated to
Liesl & Lena

Oktoberfest

Eine Erzählung

Aus dem amerikanischen Englisch
übersetzt von Irma Wehrli

An einem Sonntagnachmittag Ende September machte ich mich in Begleitung von Heinrich Bahr zur Theresienwiese am Ostrand Münchens auf, wo das Oktoberfest stattfand. Als wir am Bahnhof vorbei dem Festgelände zustrebten, begann es auf der Straße, wie auf allen Straßen dorthin, von Menschen zu wimmeln. Die Meisten von ihnen waren waschechte Münchner, aber viele waren auch Bayern vom Land. Diese Bayern waren stämmige Männer und Frauen, die der Menge mit den kräftigen Farben ihrer Tracht einen prächtigen Anstrich gaben – die Männer in ihren kunstvoll bestickten Festtagslederhosen und Strümpfen, die Frauen in ihren leuchtenden Kleidern und spitzenbesetzten Miedern, marschierten sie im federnden Schritt der Bergbewohner beherzt dahin. Diese Bauern hatten das makellose Fleisch und die gesunden Zähne von Tieren. Ihre glatten rundlichen Gesichter zeigten keine anderen Spuren als die von Sonne und Wind: Sie waren nicht angekränkelt von jenen Gedanken und Kümmernissen, die die Kraft eines Menschen aufzehren. Ich musterte sie mit einer jähen Anwandlung von Bedauern und zugleich Neid – so kraftstrotzend und frohgemut war ihr Dasein, und so viel schienen sie dadurch gewonnen zu haben, dass sie so viel verpasst hatten. Ihr Leben beschränkte sich auf einen Wunsch oder zwei – die Meisten von ihnen hatten noch nie ein Buch gelesen, ein Besuch in dieser magischen Stadt München war für sie ein Besuch im Herzen des Universums, und die Welt, die jenseits ihrer Berge existierte, war für sie in Wirklichkeit nicht existent.

Als wir uns der Theresienwiese näherten, wurde das Gedränge so dicht, dass wir in unserem Vorwärtskommen behindert und gebremst wurden. Der mächtige Festlärm drang nun zu uns, und ich konnte die verschiedenen Bauten erkennen. Meine erste Empfindung, als ich die Wiesn betrat, war maßlose Enttäuschung. Was vor mir und um mich herum zu sehen war, schien einem kleinen, mittelprächtigen Coney Island zu gleichen. Da waren Dutzende von Buden und Hütten voll billiger Puppen, Teddybären, Bonbontüten, Schießscheiben, etc., samt dem ganzen Brimborium von doppelköpfigen Ungeheuern, Spukhäusern, fetten Damen, Zwergen, Handlesern, Hypnotiseuren und der ganzen ausgeklügelten Maschinerie zur Erzeugung von Schwindelzuständen: wirbelnde Wagen und Spielzeugautomobile, die über einen elektrifizierten Boden dahinschossen, alle voller Menschen, die freudig aufkreischten, wenn die verrückten Vehikel zusammenstießen und von einem Aufseher wieder voneinander getrennt wurden.

Heinrich Bahr begann zu lachen und zu gaffen wie ein Kind. Die kindliche Begeisterungsfähigkeit dieser Leute war erstaunlich. Gleich Kindern schienen sie des ganzen bombastischen Rummels nie müde zu werden. Große fette Kerle mit kahlgeschorenen Köpfen und Nackenwülsten ritten auf umherwirbelnden und dahinflitzenden Gefährten, oder sie ritten, wieder und wieder, auf den auf- und niedersteigenden Holzpferden der

Karusselle im Kreis herum. Heinrich war hingerissen: Ich jagte mehrmals mit ihm über die atemberaubenden Aufs und Abs der großen hölzernen viaduktähnlichen Bahn und wurde hinterher noch in etlichen Apparaturen schwindlig geschleudert und geschlagen.

Endlich hatte Heinrich genug. Wir zogen langsam die wimmelnde Hauptstraße des Festgeländes hinunter, bis wir zu einem etwas ruhigeren Fleck am Rande der Wiesn kamen. Hier ließ ein Mann von einer kleinen Bühne einen Wortschwall in harschem Marktschreierdeutsch auf die Menge niedergehen. Neben ihm auf der Bühne stand ein junger Mann, dessen Rumpf und Arme in einer ärmellosen Segeltuchjacke gefangen und mit einer Kette gefesselt waren. Dann hörte der Marktschreier auf zu reden, der junge Mann steckte seine Füße durch Tuchschlingen und wurde an den Füßen in die Höhe gehievt, bis er verkehrt herum über der gaffenden Meute hing. Ich sah zu, wie er mit verzweifelten Bemühungen begann, sich aus Kette und Zwangsjacke zu befreien, bis ich merkte, wie sein Gesicht sich lila verfärbte und wie die großen Adern auf seiner Stirn in Strängen hervortraten. In der Zwischenzeit ging eine Frau durch die Menge, um einen Obolus zu erbeten, und als sie alles Geld eingesammelt hatte, das die Menge bereit war zu geben, da befreite sich der junge Mann, dessen geschwollenes Gesicht unterdessen fast schwarz war vom Blut, im Nu und wurde auf den Boden heruntergelassen. Die Menge verlief sich, beinahe mit Verdruss, wie mir schien, so als wäre das erwartete Schauspiel zwar nun eingetreten, hätte sie jedoch irgendwie enttäuscht, und während der Marktschreier wieder mit seinem Wortschwall begann, saß der junge Mann auf einem Stuhl und erholte sich, die Hand vor den Augen. Inzwischen stand die Frau, die das Geld eingesammelt hatte, ängstlich neben ihm, musterte ihn und sagte dann etwas zu ihm. Und irgendwie, durch ihre bloße Nähe zueinander und sonst kein anderes äußeres Anzeichen, erahnte ich etwas von Zärtlichkeit und Liebe.

In meinem Kopf drehte sich alles vom lärmenden Durcheinander des Fests, und diese letzte Darbietung, mit der ein endloser Reigen von Monstern und animalischen Sinneseindrücken ihren Höhepunkt erreichte, rief in mir ein Grauen wach. Für einen Moment wollte es mir scheinen, als sei da etwas Böses und Tiefverwurzeltes in den Menschen, das selbst ihre einfachsten Vergnügungen besudelte und verdarb.

Es war später Nachmittag geworden; die Tage gingen nun rasch zur Neige, und die Luft war schon herbstlich – sie war frisch und kühl, dürftig erwärmt von dünnem rotem Sonnenschein. Über dem ganzen Festgelände stiegen hunderttausend Stimmen zu einem kompakten und festen Tongebilde empor. Heinrich, dessen Lust auf Jahrmarktsattraktionen fürs Erste gestillt war, begann nun ans Bier zu denken. Er nahm mich am Arm und tauchte in das gewaltige Gewoge der Menge ein, das als beinahe undurchdringlicher Keil die Hauptpromenade des Festgeländes verstopfte.

Die Deutschen bewegten sich langsam und geduldig vorwärts, mit der ungeheuren Massivität, die ein Wesenszug ihres Daseins zu sein scheint, und nahmen die Bewegung der Menge mit tiefer Genugtuung hin, während sie selbst darin aufgingen und ein Teil des großen Tiers um sie herum wurden. Ihre schweren Leiber rammten und rempelten einander plump und unsanft an, aber es gab keinerlei Groll zwischen ihnen. Sie brüllten einander und aller Welt einen Gruß oder ein neckisches Wort zu; sie zogen in Gruppen zu sechst oder acht einher, Männer und Frauen bunt gemischt, mit untergehakten Armen.

Heinrich Bahr war quicklebendig und vergnügt geworden; ständig lachte und kicherte er vor sich hin; dann schob er seine Hand mit einer freundlichen und auffordernden Geste unter meinen Arm und sagte: «Komm, sehen wir uns mal den Ochsen am Spieß an!» Und prompt erwachte bei diesen Worten ein gewaltiger Hunger in mir, ein Hunger nach Fleisch, wie ich ihn noch nie gekannt hatte: Ich wollte den Ochsen am Spieß nicht bloß sehen, ich wollte große Stücke davon verschlingen. Mir war nun eine Besonderheit dieses Jahrmarkts aufgegangen, eine, die ihn von allen anderen, die ich je erlebt hatte, unterschied. Dies waren die vielen Buden, ob groß oder klein, die für den Verkauf von heißen und kalten Fleischwaren bestimmt waren. Mächtige Würste hingen gleich Ketten und Girlanden von den Wänden einiger dieser Stände, während anderen ein unablässiger Dunst nach gedünsteten und gebratenen Speisen jeglicher Beschaffenheit und Größe entströmte. Das Aroma und der Duft waren zum Verrücktwerden. Mir war, als ob in der dünnen, kalten Luft über dieser dicht gedrängten Menschenmenge, die so langsam vorwärts wogte, beständig ein Geruch nach frisch Geschlachtetem hing.

Erst jetzt befanden wir uns vor einer riesigen, langgestreckten Halle, an der Frontseite farbenfroh bemalt, über deren Türen das mächtige Konterfei eines Ochsen prangte. Das war die Ochsenbraterei, aber so dicht war das Gedränge drin, dass ein Mann mit ausgebreiteten Armen vor den Türen stand, die Leute aufhielt, die hineingehen wollten, und ihnen sagte, sie müssten noch einmal fünfzehn Minuten warten. Heinrich und ich schlossen uns der Menge an und warteten ergeben mit allen anderen: Etwas vom ungeheuren Gleichmut dieser Menge, die da ausharrte und gar nicht erst versuchte, sich an den Barrieren vorbeizuzwängen, ging auf mich über. Dann wurden die Türen geöffnet, und wir strömten allesamt hinein.

Ich fand mich in einer riesigen, langgestreckten Halle wieder, an deren Ende ich durch das dichte Tabakrauchgewölk, das die Atmosphäre fast bis zur Konsistenz des Londoner Nebels eindickte, die Leiber zweier mächtiger Tiere erkennen konnte, die sich langsam an Eisenspießen über Becken voll rotglühender Kohle drehten.

Nach der schneidenden Kälte der Oktoberluft war die Halle warm – warm von einer einzigen unverkennbaren Wärme: der Wärme von Tausenden in einem geschlossenen Raum zusammengepferchter Leiber. Und in diese Wärme mischte sich ein durchdringender Essensgeruch. An Hunderten von Tischen saßen Leute zusammen und verschlangen Tonnen von Fleisch – Ochsenfleisch, große Teller voll aufgeschnittener kalter Würste, dicke Scheiben von Kalb und Schwein, nebst großen Steinkrügen, in denen jeweils ein guter Liter des kalten und starken Oktoberfestbiers schäumte. Das schwere und unaufhörliche Gedröhn essenssatter Stimmen schwoll in harschen Wellen an und ab. Durch die Mittelgänge und an den Seiten schob und drängelte sich eine nachrückende Menge, die rastlose Blicke durch das Gewühl warf und nach freien Plätzen Ausschau hielt. Und die stämmigen Landfrauen, die als Kellnerinnen tätig waren, bahnten sich resolut ihren Weg, trugen Teller randvoll mit Gerichten oder ein halbes Dutzend Maßkrüge in der einen Hand und stießen mit der anderen menschliche Hindernisse brüsk beiseite.

Heinrich und ich bewegten uns mit der Menge langsam den Mittelgang hinab. Die Esser, schien es mir, waren zum größten Teil massige, schwere Leute, in deren Gesichtern schon etwas von der aufgedunsenen Saturiertheit von Schweinen lag. Ihre Augen waren stumpf und benebelt vom Essen und vom Bier, und viele von ihnen starrten die Leute um sie herum in einer Art Betäubung an, als hätte man sie unter Drogen gesetzt. Und in der Tat genügte schon die Luft, die so dick und schwer war, dass man sie mit einem Messer hätte schneiden können, um einem die Sinne zu benebeln, und als wir das Ende des Gangs erreicht und eine Weile den mächtigen Leib des Ochsen angestaunt hatten, der sich vor uns langsam drehte und dabei braun wurde, war ich ganz froh, dass Heinrich vorschlug, anderswohin zu gehen.

Die scharfe Luft riss mich sogleich aus meiner Lethargie, und ich begann mich wieder lebhaft und eifrig umzublicken. Die Menge wurde gegen Abend hin immer dichter, und ich wusste jetzt, dass der Abend dem Essen und dem Bier gewidmet sein sollte.

Zwischen den unzähligen kleineren Gebäuden des Jahrmarkts verstreut, erhoben sich um uns gleich Löwen, die inmitten einer Meute kleinerer Tiere ruhen, die von den berühmten Brauereien errichteten imposanten Bierhallen. Und so dicht die Menge vor den Buden und Attraktionen auch gewesen war, schien sie doch unbedeutend verglichen mit der Menge, die diese riesengroßen Gebäude füllte – gewaltige Hallen, von denen jede mehrere Tausend Menschen fasste. Unmittelbar vor mir konnte ich von Weitem jetzt die große rote Fassade der Brauerei Löwenbräu sehen, mit den zwei aufgerichteten königlichen Löwen in ihrem stolzen Wappen. Doch als wir uns dem mächtigen Gebrüll näherten, das von der Halle gebändigt wurde, erkannten wir die Aussichtslosigkeit, dort einen Platz zu finden. Tausende von Menschen brüllten an den Tischen über ihrem Bier, und viele Hunderte wälzten sich unentwegt auf und ab und hielten Ausschau nach einer Lücke.

Wir versuchten es mit nicht mehr Erfolg noch bei einer Reihe anderer imposanter Bierhallen der großen Brauereien, aber schließlich fanden wir eine, bei der ein paar Tische auf einem schmalen Kiesstreifen vor der Halle standen, durch eine Hecke vor der wimmelnden Menge draußen abgeschirmt. Da und dort saßen vereinzelt Leute, doch die meisten Tische waren leer: Es wurde allmählich dunkel, die Luft war scharf und frostig, und der Drang war übermächtig, sich der übelriechenden Menschenwärme zuzugesellen, mitten in den heulenden Orkan aus Lärm und Trunkenheit, den die große Halle umschloss, hineinzustreben. Aber beide waren wir jetzt müde, erschöpft von der Aufregung, von der Menge, von dem riesigen Kaleidoskop aus Lärm, Farbenspiel und Sinnesreizen, das wir miterlebt hatten.

«Setzen wir uns hierher», sagte ich und wies auf einen der freien Tische vor der Halle.

Und Heinrich, nachdem er rastlos durch eins der Fenster in das rauchige Chaos drinnen gespäht hatte, in dem sich dunkle Gestalten tummelten und drängten wie in Walhallas Nebelschwaden herumirrende Geister, willigte ein und nahm Platz, wenn auch mit unverhohlener Enttäuschung. «Es ist wunderbar da drin», sagte er. «Das darf man einfach nicht verpassen.»

Da steuerte eine Landfrau auf uns zu und schwang sechs schäumende Maß des starken Oktoberfestbiers in jeder ihrer kräftigen Hände. Sie lächelte uns mit gewandter Freundlichkeit zu und fragte: «Hell oder dunkel?»

«Dunkel», antworteten wir. Kaum hatten wir es gesagt, hatte sie schon zwei schäumende Krüge vor uns auf den Tisch gestellt, und weg war sie.

«Bier?», sagte ich. «Warum Bier? Warum kommt man hierher, um Bier zu trinken? Warum sind all diese großen Hallen hier von den bekannten Brauereien errichtet worden, wenn doch ganz München berühmt ist für sein Bier und es in der Stadt Hunderte von Bierwirtschaften gibt?

«Schon», antwortete Heinrich. «Aber …», er lächelte und betonte das Wort mit Nachdruck, «das ist Oktoberfestbier. Es ist fast doppelt so stark wie gewöhnliches Bier.»

Darauf packten wir unsere großen Steinkrüge, stießen mit einem lächelnden «Prosit» an und nahmen in der frostig scharfen Heiterkeit jener Luft ein paar lange und tiefe Züge von dem starken, kalten Gebräu, das seine machtvolle Energie prickelnd durch unsere Adern strömen ließ. Überall um uns herum aßen und tranken die Leute – nebenan hatten Leute in bunter Tracht an einem Tisch Bier bestellt, schlugen nun mehrere mitgebrachte Papierbündel auseinander, breiteten unglaubliche Mengen Proviant auf dem Tisch aus und begannen gleichmütig zu essen und zu trinken. Der Mann, ein stämmiger Kerl mit üppigem Schnurrbart und weißen Wollstrümpfen, die seine kräftigen Waden bedeckten, Fußknöchel und Knie jedoch bloß ließen, zog ein großes Messer aus der Tasche und schnitt mehreren Salzfischen, die im Abendlicht wunderbar golden schimmerten, den Kopf ab. Einem weiteren Paket entnahm die Frau Semmeln, ein Bündel Radi und ein großes Stück Leberkäse und steuerte all dies zur Familientafel bei. Zwei Kinder, ein Junge und ein Mädchen, das Mädchen mit langen blonden Zöpfen, die ihr über die Schultern fielen, beide aufmerksam und blauäugig, mit dem gespannten und konzentrierten Hunger von Tieren, starrten wortlos auf das Essen, während ihre Eltern es aufschnitten und portionierten. Augenblicke später, mit dieser selben wortlosen und gierigen Aufmerksamkeit, aßen und tranken sie alle.

Jedermann aß; jedermann trank. Ein mörderischer Hunger, ein Hunger, der keine Besänftigung kannte, der sich alles gebratene Ochsenfleisch, alle Würste, allen Salzfisch der Welt einverleiben wollte, packte mich und hielt mich in seinen Klauen. Auf der ganzen Welt gab es nichts als Essen – herrliches Essen. Und Bier – Oktoberfestbier. Die Welt war ein einziger gewaltiger Schlund – es gab keinen erhabeneren Himmel als eben dieses Paradies von Stopf und Pfropf. Alle Seelenqual war hier vergessen. Was wussten diese Leute von Büchern? Was wussten sie von Bildern? Was wussten sie vom millionenfachen Aufruhr des Herzens, von den Kämpfen und Quälereien des Geistes, den Hoffnungen, Ängsten, Gehässigkeiten, Fehlschlägen und Ambitionen, der ganzen fieberhaften Sphäre des modernen Lebens? Diese Leute lebten für nichts anderes als für Essen und Trinken – und recht hatten sie.

Die Türen der großen Halle gingen ständig auf und zu, während der unaufhörliche Strom der Biertrinker geduldig Einlass begehrte. Und von drinnen hörte ich das durchdringende Schmettern einer mächtigen Blaskapelle und das Röhren aus fünftausend bierseligen Kehlen im Takt von «Trink, trink, Brüderlein, trink!».

Unser Heißhunger verzehrte uns: Wir riefen lautstark die geschäftige Kellnerin herbei, als sie an uns vorüberkam, und bekamen Bescheid, wir müssten hineingehen, wenn wir warmes Essen wollten. Aber sogleich schickte sie eine andere Frau an unseren Tisch, die einen riesigen Korb voll verschiedenster kalter Speisen trug. Ich nahm zwei Brote, die überaus köstlich eins mit Zwiebel und Salzfischchen und eins mit einer mächtigen Scheibe Leberkäse mit Randkruste belegt waren. Heinrich such-te sich auch zwei oder drei Brote aus, und nachdem wir jeder noch einen Liter Dunkles bestellt hatten, begannen wir unser Essen zu verzehren. Die Dunkelheit war hereingebrochen: Alle Gebäude und Vergnügungseinrichtungen des Volksfests funkelten jetzt von einer Million Lichtern; aus dem großen strahlenden Dämmer der Nacht erhob sich und fiel wellengleich schwingend das mächtige eins gewordene Gegröle und Gemurmel der Menge.

Als wir unsere Brote verzehrt und unser Bier ausgetrunken hatten, schlug Heinrich vor, dass wir nun ernsthaft versuchen sollten, in der Halle drin Platz zu finden, und ich, der ich eben noch eine heftige Abneigung gegen die dicke Luft und das grölende Durcheinander der Halle verspürt hatte, stellte nun zu meiner Überraschung fest, dass ich gewillt und sogar begierig darauf war, mich dem Heer der bierbenebelten Esser anzuschließen. Gehorsam stellte ich mich nun in die Reihe der gleichmütigen Deutschen, die langsam durch die Türen schlurften, und fand mich sogleich von einem Zyklon trunkenen Tosens umbraust, während ich geduldig mit einer Menge vorwärts trampelte, die sich langsam durch den großen Saal schob und nach Sitzgelegenheiten Ausschau hielt. Es dauerte nicht lange, und Heinrich erspähte durch die Schleier und Schwaden wabernden Rauchs, der sich in der großen Halle wand und aufstieg wie Pulverdampf über einem Schlachtfeld, zwei freie Plätze an einem Tisch nahe der Saalmitte, wo auf der viereckigen Holztribüne vierzig Männer in Bauerntracht einen ohrenbetäubenden Krach auf Blechinstrumenten machten. Wir stürzten uns auf die freien Plätze, rempelten dabei gleichmütige Leiber an und stürzten geradewegs über sie, die betäubt waren vom Bier.

Und schließlich, im Auge dieses tosenden Orkans, nahmen wir triumphierend Platz, keuchten siegesstolz und bestellten sofort zwei Liter Dunkles und zwei Portionen Schweinswürstel mit Sauerkraut. Die Kapelle schmetterte die Melodie von «Ein Prosit! Ein Prosit!», und überall im Saal hatten sich die Leute von den Tischen erhoben und standen mit untergehakten Armen und erhobenen Krügen da, während sie das großartige Trinklied brüllten und im Takt hin und her schunkelten.

Die Wirkung dieser Menschenhorden überall in der riesigen und vernebelten Halle hatte etwas beinahe Übernatürliches und Rituelles: Etwas, das zum Wesen eines Volks gehörte, war in diesen Horden beschlossen, etwas, so dunkel und seltsam wie Asien, etwas, das älter war als die alten barbarischen Wälder, etwas, das um einen Altar geschwankt war und ein Menschenopfer dargebracht und verbranntes Fleisch verzehrt hatte.

Die Halle erdröhnte von ihrer Stimmgewalt, sie erzitterte von ihren mächtigen Leibern, und als sie sich so hin und her wiegten, schien es mir, dass nichts auf Erden ihnen widerstehen konnte – dass sie zerschmettern mussten, worauf immer sie trafen. Ich begriff jetzt, weshalb andere Völker sie so sehr fürchteten; unversehens wurde ich selbst von einer tödlichen Furcht vor ihnen gepackt, die mir das Herz gefror. Mir war, als hätte ich geträumt und wäre in einem fremden barbarischen Wald erwacht, eingekreist von wilden, barbarischen Gesichtern, die sich über mich beugten – blondbezopft, blondbärtig lehnten sie an ihre mächtigen Speerschäfte, stützten sich auf ihre Schilde aus zäh gewordenem Leder und blickten herab. Und ich war von ihnen umzingelt; es gab kein Entkommen. Ich dachte an alles, was mir vertraut war, und es schien weit weg, nicht nur in einer anderen Welt, sondern auch in einer anderen Zeit, versunken im Meer einer Ewigkeit äonenfern von dem alten dunklen Wald aus barbarischer Zeit. Und da dachte ich mit beinahe zärtlichem Wohlwollen an die fremden, rätselhaften Gesichter der Franzosen, ihren Zynismus und ihre Unredlichkeit, ihre schnelle und aufgeregte Art zu reden, ihre Kleinheit, ihre belanglosen Gebräuche; selbst all ihre leichtsinnigen und banalen Seitensprünge schienen nun sympathisch und vertraut, spielerisch, bezaubernd, voll Anmut. Oder an die verbissenen Engländer, mit ihren Pfeifen, ihren Pubs, ihrem bitteren Bier, ihrem Nebel, ihrem Nieseln, ihren Frauen mit den wiehernden Stimmen und den langen Zähnen – all diese Dinge schienen mir nun über die Maßen herzerwärmend, sympathisch und vertraut, und ich wünschte, ich wäre bei ihnen.

Doch plötzlich schlüpfte eine Hand um meinen Arm, und durch das Getöse und die Benebelung des Trubels hindurch merkte ich, dass jemand mit mir sprach. Ich blickte hinab und sah dort neben mir das fröhliche, gerötete und lächelnde Gesicht eines hübschen Mädchens. Sie zupfte mich gutmütig und neckisch am Arm, sprach mich an, bedeutete mir etwas mit einem Kopfnicken. Ich drehte mich zur anderen Seite. Neben mir saß ein junger Mann, ihr Begleiter; auch er hielt mir lächelnd und glücklich seinen Arm hin. Ich warf einen Blick hinüber und sah Heinrich, sein fahles, einsames, narbiges Gesicht lächelnd und glückselig, wie ich es noch nie gesehen hatte. Er nickte mir zu. Im Nu waren auch wir alle eingehakt, im Takt schunkelnd, schwankend, singend im Gleichklang mit dem Geschmetter dieser gewaltigen Stimmen, schunkelnd, schwankend und singend alle zusammen, indes die Kapelle «Ein Prosit» spielte. Schließlich verklang die Musik, doch nun waren alle Dämme gebrochen, hochrot und glücklich, einander zulächelnd, fielen wir, als das Stück zu Ende war, mit unseren eigenen Jubelrufen in das laute zustimmende Gegröle der Menge ein. Dann setzten wir uns lachend, strahlend und schwatzend wieder.

Und nun gab es keine Fremdheit mehr. Es gab keine Barrieren mehr. Wir tranken und schwatzten und aßen zusammen. Ich leerte Liter um Liter des kalten und berauschenden Biers. Seine Nebel stiegen mir zu Kopf. Ich war euphorisch und glücklich. Ich radebrechte furchtlos in meinem bisschen Deutsch. Heinrich half mir von Zeit zu Zeit aus, aber das spielte auch keine Rolle. Mir war, als hätte ich diese Leute mein ganzes Leben lang gekannt, seit ewigen Zeiten. Das junge Mädchen mit dem fröhlichen, hübschen Gesicht versuchte eifrig herauszufinden, wer ich war und was ich tat. Ich zog sie auf. Ich wollte es ihr nicht sagen. Ich machte ihr vieles weis – dass ich Norweger sei, Australier, Zimmermann, Matrose, was mir gerade einfiel, und Heinrich leistete mir Beistand und ermutigte mich feixend in meiner Albernheit.

Aber das Mädchen klatschte in die Hände und rief ausgelassen «Nein», sie wisse, was ich sei – ich sei ein Künstler, ein Maler, ein schöpferischer Mensch. Sie, mitsamt allen andern, wandte sich an Heinrich und fragte ihn, ob das nicht stimme. Und lächelnd neigte er ein wenig den Kopf und sagte, ich sei nicht Maler, sondern Schriftsteller – einen Dichter nannte er mich. Und daraufhin nickten sie alle in zustimmender Genugtuung; das Mädchen klatschte wieder ausgelassen in die Hände und rief, sie habe es doch gewusst. Und wieder tranken wir, hakten einander unter und wiegten uns zusammen im Rund. Und dann, als es spät wurde und die Leute begonnen hatten, die Halle zu verlassen, standen auch wir auf, wir sechs, das Mädchen, noch ein weiteres Mädchen, ihre beiden jungen Männer und Heinrich und ich, zogen mit den singenden, glücklichen Menschenmengen wieder hinaus und gingen Arm in Arm, alle untergehakt, singend durch die Menge.

Und dann trennten wir uns schließlich von ihnen, vier jungen Leuten aus der Fülle des Lebens und aus dem Herzen Deutschlands, die ich nie wiedersehen würde – von vier Leuten und vom glücklichen, geröteten und lächelnden Gesicht eines jungen Mädchens. Wir trennten uns, ohne je nach ihren Namen gefragt zu haben, noch sie nach den unseren; wir trennten uns und verloren sie, mit Wärme, mit Freundschaft, mit Zuneigung in unser aller Herzen.

Wir gingen unserer Wege, und sie gingen die ihren. Das Gegröle und Getöse des Fests versickerte und verebbte hinter uns, bis es zu einem unermesslichen und schläfrigen fernen Gemurmel geworden war. Und schon erreichten wir, Arm in Arm ausschreitend, wieder den Bahnhof und das alte Herz Münchens. Wir überquerten den Karlsplatz und erreichten schließlich unsere Unterkunft in der Theresien- und Luisenstraße.

Nun merkten wir jedoch, dass wir nicht müde waren, nicht zu Bett gehen wollten. Die Nebel des starken und berauschenden Biers, und noch mehr die Nebel der Geselligkeit und Zuneigung, der Freundschaft und menschlichen Wärme, waren uns zu Kopf und Herz gestiegen. Wir wussten, dass es etwas Rares und Kostbares war, der Zauber eines Augenblicks voll des Staunens und der Freude, der enden musste, und es widerstrebte uns, ihn entschwinden zu sehen.

Es war eine glorreiche Nacht, die Luft scharf, frostig und die Straße menschenleer, und in weiter Ferne, wie die Zeit, das unaufhörliche und wesenhafte Murmeln der Ewigkeit, das ferne, schläfrige, wellengleiche Summen des großen Fests. Der Himmel war wolkenlos, strahlend, und am Himmel gleißte als strahlend blanker Silberling der Mond. Wir hielten vor unserer Unterkunft einen Augenblick inne und gingen dann, als folgten wir derselben Eingebung, daran vorüber. Wir gingen durch die Straßen, und schon standen wir vor der gewaltigen, stillen und mondgetüncht blanken Alten Pinakothek. Wir gingen an ihr vorbei, wir betraten das Gelände, wir schritten auf und ab, und unsere Füße knirschten ordentlich auf dem ordentlichen Kies. Arm in Arm schwatzten wir, sangen wir, lachten wir miteinander. «Ein Dichter, ja», rief er und blickte jauchzend zum gleißenden Mond empor. «Ein Dichter, jawohl», rief er wieder. «Diese Leute kannten dich nicht, und sie meinten, du seist ein Dichter. Und du bist einer.»

Und im Mondlicht wurde sein einsames Gesicht voller Narben und Male von einem Blick der Glückseligkeit verklärt. Und wir zogen durch die Straßen, wir zogen durch die Straßen. Wir ahnten etwas Unschätzbares und Unsagbares, eine unsichtbare Welt, die wir sehen mussten, eine unfassbare Welt, die wir berühren mussten, eine Welt der Wärme, der Freude, des bevorstehenden und heranschwebenden Glücks, der unwirklichen Wonne, die beinah unser war. Und wir zogen durch die Straßen, wir zogen durch die Straßen. Der Mond gleißte leer und kalt aus dem geweißten Himmelsglanz. Und die Straßen waren still. Alle Türen waren zu. Und aus der Ferne kam das letzte gedämpfte Gemurmel des Fests. Und wir gingen heim.

«München hat mich beinahe umgebracht.»

Ein Brief an Aline Bernstein

Aus dem amerikanischen Englisch
übersetzt von Irma Wehrli

München
Donnerstag, 4. Oktober 1928

Liebe Aline,
... heute habe ich zum ersten Mal seit Samstag meine Post abgeholt. Ich bin am Montag ins Krankenhaus gekommen und heute Nachmittag entlassen worden. Ich hatte eine leichte Gehirnerschütterung, vier Kopfwunden und eine gebrochene Nase. Mein Kopf ist prächtig verheilt, und meiner Nase geht es zusehends besser ... Ich bin kahlgeschoren wie ein Priester – in der Tat, mit meinem narbenübersäten Kopf und den schwarzen Haarstoppeln, die schon wieder zu sprießen begonnen haben, sehe ich wie ein verkommener Priester aus.

Mir ist zu schwindlig, als dass ich Dir heute Abend noch berichten könnte, was alles passiert ist. Ich will mit der Geschichte einfach mal beginnen und versuchen, morgen damit zu Ende zu kommen. Ich war bereits drei Wochen in München – während dieser Zeit hatte ich ein untadeliges, arbeitsames Leben geführt – wie überhaupt seit meiner Abreise. Es ist hier gerade *Oktoberfest**-Zeit. Was das *Oktoberfest* ist, davon hatte ich keine Ahnung gehabt, bis es vor ein oder zwei Wochen begann. Ich hatte bloß jedermann davon reden hören. Ich stellte es mir

* Kursivierte Begriffe im Original deutsch.

als einen Ort vor, zu dem das ganze bayerische Landvolk hinströmt, seine altehrwürdigen Tänze aufführt, seine Waren verkauft und so was in der Art. Aber als ich zum ersten Mal hinging, stieß ich zu meiner Enttäuschung nur auf eine Art Coney Island – Karusselle, allerlei Flitterkram, unzählige Würstchenbuden, Orte, an denen ganze Ochsen am Spieß schmorten, und gewaltige Bierhallen. Doch was soll München – wo es Tausende von Bierlokalen gibt – mit einem extra Bierfest? Ich fand es bald heraus. Das Oktoberfestbier ist doppelt so stark wie das normale Bier – es hat dreizehn Prozent –, und zwei Wochen lang kommen Leute vom Land und lassen es sich schmecken.

Der Festplatz befindet sich auf der Theresienwiese, die am Rande der Stadt liegt, unmittelbar vor dem *Ausstellungs-Park* … Ich sah mir das Schauspiel zwei-, dreimal an – diese Bierhallen sind riesengroß und scheußlich – vier- bis fünftausend Leute finden darin gleichzeitig Platz – man bekommt fast keine Luft, kann sich kaum rühren. Eine vierzig Mann starke bayerische Blaskapelle schmettert mit grauenvollem Getöse drauflos, und unentwegt schieben sich Hunderte von Leuten, die keinen Platz finden, auf und ab und im Kreis herum. Der Lärm ist ohrenbetäubend, man kann die Luft mit dem Messer schneiden – und an diesen Orten dringt man zum Herzen Deutschlands vor, nicht zum Herzen seiner Dichter und Denker, sondern zu seinem wahren Herzen. Es ist ein einziger gewaltiger Schlund. Sie essen und trinken und schnauben sich in einen Zustand tierischer Betäubung hinein – die Stätte verwandelt sich in ein ein-

“But why in Munich—where there are a thousand beer-drinking places—should there be a special fair for beer?” | «Was soll München – wo es Tausende von Bierlokalen gibt – mit einem extra Bierfest?»

Traditional beer garden culture in Munich | Bayerische Lebensart im Münchner Biergarten (Foto: Privatbesitz) ziges heulendes, brüllendes Tier, und wenn die Kapelle eines ihrer Trinklieder spielt, erhebt man sich überall von den Tischen, stellt sich auf die Stühle und schunkelt mit untergehakten Armen hin und her, in pulsierenden Ringen. Von diesen schwerfällig hin und her wogenden Reihen in der riesigen, rauchigen Bierhölle geht etwas Unheimliches – etwas Übernatürliches aus. Man meint in diesen Reihen die Magie, die Essenz des Volkes zu spüren – das Wesen dieses Tiers, das es so grundlegend von den anderen Tieren ein paar Meilen jenseits der Grenzen unterscheidet …

Was dann geschah, war dies … Es gibt eine amerikanische Kirche in München. Eine Kirche ist es eigentlich gar nicht – es sind bloß zwei, drei große Räume, die man in einem großen Gebäude am *Salvatorplatz* angemietet hat – ein Ort, der schwer zu finden ist, obwohl unweit vom *Promenadeplatz* gelegen. Sie haben sechs- bis achttausend Bücher dort – das meiste davon Schund, von Touristen beigesteuert. Aber man kann zum Nachmittagstee dorthin gehen – wenn man einsam ist, kann man andere Amerikaner treffen … Es gab da einen jungen Amerikaner, mit seiner Gattin und einer weiteren Frau, der Freundin seiner Gattin … Es gefiel mir, mich mit diesen Leuten zu unterhalten, sie erkundigten sich nach Hotelzimmern, dem Leben in München, Ausstellungen und anderem mehr … Ich erzählte ihnen vom *Oktoberfest* und schlug vor, sie könnten am Nachmittag mit mir zusammen dorthin gehen, weil da die guten Museen schon geschlossen seien. Also zogen wir los; das Wetter war schlecht: es begann zu regnen. Es waren massenhaft Leute auf dem Festgelände – Landvolk in prächtigen Trachten, das die Fahrgeschäfte und den ganzen Firlefanz bestaunte. Ich führte meine Gesellschaft durch mehrere Bierhallen, wir konnten aber keine Sitzplätze finden. Schließlich, als der Regen aufgehört hatte, schafften wir es, uns an einem Tisch niederzulassen, an dem sich eben ein paar Leute ans Gehen machten. Wir bestellten Bier und *Schweinswurst* … und bald hatte ich nur noch den einen Wunsch, diese Leute, die bloß Angelesenes aus dem «American Mercury» von sich gaben, wieder loszuwerden … Sie widerten mich an, ich wollte allein sein. Ich denke, sie haben es bemerkt; sie schlugen vor, wir sollten alle nach Hause gehen und miteinander essen; ich lehnte ab und sagte, ich wolle auf dem Fest bleiben. So bezahlten sie ihren Anteil und verließen das ganze Getöse und Gegröle dieser Örtlichkeit.

Als sie gegangen waren, trank ich noch zwei Liter des dunklen Oktoberfestbiers, sang und schunkelte mit den Leuten am Tisch. Dann stand ich auf und wechselte in eine andere Halle, wo ich noch einen Liter trank, und kurz vor der Sperrstunde – sie machen dort auf dem Fest um halb elf zu, weil das Bier zu stark ist und weil die Leute vom Land immer betrunkener werden und dann gleich dableiben würden – kurz vor der Sperrstunde ging ich noch einmal in eine andere große Halle auf ein letztes Bier. Dort war man dabei, über Nacht zuzumachen – rundum brachen die Scharen auf – einige Tische waren schon leer, und die bayerische Blaskapelle packte ihre Instrumente ein und wollte gehen. Ich unterhielt mich mit den Leuten an meinem Tisch, trank mein Bier aus und machte mich auf den Weg. Ich hatte sieben bis acht Maß intus – das entspricht einem guten Liter reinen Alkohols. Ich war sturzbetrunken vom Bier. Ich torkelte einen Gang hinunter, auf einen Seitenausgang zu. Dort traf ich auf mehrere Männer – und vielleicht auch eine Frau, aber die bemerkte ich erst später. Sie standen neben ihrem Tisch im Gang und sangen wohl noch ein allerletztes Trinklied, ehe sie aufbrachen. Sie sprachen mich an – ich war zu betrunken, um zu verstehen, was sie sagten, aber ich bin mir sicher, es war durchaus freundlich gemeint. Was von da an geschah, will ich schildern, so gut ich mich dessen entsinne, auch wenn meine Erinnerung Lücken und Aussetzer hat. Einer von ihnen, so will mir scheinen, packte mich am Arm – ich wich zurück, er ließ nicht los, und ich, obwohl ich nicht wütend, war, vielmehr in einem Anfall von Übermut, hieb ihn mit einem Schlag quer über den Tisch. Dann stürmte ich triumphierend ins Freie und fühlte mich dabei wie ein Kind, das einen Stein in eine Fensterscheibe geworfen hat.

Leider konnte ich nicht schnell laufen – ich hatte zu viel getrunken und einen Mantel an. Draußen regnete es in Strömen, und ich fand mich auf eingezäuntem Gelände hinter einigen Festgebäuden wieder – ich hatte ja einen Seitenausgang genommen. Ich hörte Geschrei und Gezeter hinter mir, und als ich mich umdrehte, sah ich, wie mehrere Männer auf mich zurannten. Einer von ihnen hatte einen dieser Klappstühle aus der Bierhalle dabei – die sind aus Eisen und Holz. Ich sah, dass er mir damit eins überziehen wollte, und weiß noch,

“A Bavarian band of forty pieces blares out horrible noise.” | «Eine vierzig Mann starke bayerische Blaskapelle schmettert mit grauenvollem Getöse drauflos.»

The roaring twenties, Bavarian style: an original beer hall musician | Die wilden 20er Jahre auf Bayerisch: Klangkörper in der Bierhalle (Foto: Privatbesitz © Paulaner Brauerei, München) dass mich das wütend machte. Ich blieb stehen, drehte mich um und lieferte mir in dem grauenhaft glitschigen Schlammloch eine blutige Rauferei mit diesen Leuten. Grauen überkommt mich in der Erinnerung an diese Hölle aus glitschigem Schlamm und Blut und Finsternis, in der der Regen auf uns Irre, die wir bereit waren zu töten, herabströmte. In diesem Augenblick war ich viel zu sehr in Rage, viel zu wahnsinnig, um Angst zu haben, aber es kam mir vor, als würde ich im Schlamm ertrinken – dabei war es das Blut, das mir über den Kopf in die Augen rann ... Ich ertrank in einem Meer aus Schlamm, keuchend, erstickend. Ich spürte die schweren Leiber auf mir, schnaubend, grunzend, auf mein Gesicht und meinen Rücken einprügelnd. Ich kämpfte mich unter ihnen empor, als käme ich aus dem Grauen des Treibsands – rutschte dann erneut im Schlamm aus und versank abermals im bodenlosen Schlamm. Ich fühlte den Schlamm unter mir, aber was mich eigentlich erblinden und ersticken ließ, war der Blutschwall, der aus den Platzwunden auf meinem Kopf strömte. Ich hatte keine Ahnung, dass ich blutete.

Irgendwie – ich weiß nicht, wie es dazu kam – war ich mit einem Mal wieder auf den Beinen und bewegte mich auf die dunklen Gestalten zu, die gegen mich anstürmten. Als ich unter ihnen im Schlamm lag, war mir, als hätte sich die ganze brüllende Meute aus der Halle auf mich gestürzt, aber vermutlich waren es nicht mehr als drei. Von da an kann ich mich nur noch an einen Kampf mit zwei Männern erinnern, und später kam eine Frau hinzu, die mir das Gesicht zerkratzte. Die kleinere

Gestalt – der kleinere der beiden Männer – sprang mich an, und ich schlug sie mit der Faust zu Boden. Sie versank im Morast. Ich erstickte schier im Blut und trachtete nach nichts sonst, als es zu einem gründlichen Ende zu bringen – also dieses Ding da entweder umzubringen oder aber selbst umgebracht zu werden. Also warf ich es mit all meiner Kraft zu Boden: Ich sah nichts mehr, aber ich presste ihm Finger und Hand ins Gesicht und in seine Augen – es würgte mich, aber plötzlich hörte es damit auf. Ich würde weitermachen, bis ich dort im Schlamm unter mir kein Leben mehr spürte. Die Frau hing mir inzwischen am Rücken, schrie, schlug mich auf den Kopf, hatte es jedoch auf Gesicht und Augen abgesehen. Sie schrie: «Lass meinen Mann in Ruhe!» Ein paar Leute kamen und zerrten mich von ihm weg – der Mann und die Frau schrieen mich an und schimpften, aber ich verstand nichts von dem, was sie sagten, bis auf ihr flehentliches «Lass meinen Mann in Ruhe», das mich sehr berührte, so weit ich mich erinnere …

Die Leute zogen ab – wohin und wie, weiß ich nicht mehr –, aber ich sah sie später auf der Polizeiwache wieder, also müssen sie wohl dorthin gegangen sein. Und nun – wohl ziemlich dumm von mir – begann ich in all dem Schlamm meinen Hut zu suchen, meinen alten Lumpen von einem Hut, der verlorengegangen war und den ich unbedingt wiederfinden wollte, ehe ich ging. Ein paar Deutsche umringten mich schreiend und gestikulierend, und ein alter Mann rief pausenlos: *«Einen Arzt! Einen Arzt!»* Ich spürte, dass mein Kopf ganz nass war, dachte allerdings, es käme vom Regen, bis ich meine Hand auf die Stelle legte und sie daraufhin voller Blut war. Just in diesem Augenblick stürzten drei oder vier Polizisten herbei, packten mich und beförderten mich auf die Wache. Zuerst brachten sie mich zur Sanitätsdienststelle – ich wurde in einen Raum mit weißem, grellem Licht geführt. Die Frau lag dort auf einem Tisch mit Rädern. Das Licht fiel auf ihr Gesicht – ihre Augen waren geschlossen. Ich glaube, das ist der schlimmste Moment meines Lebens gewesen … Ich dachte, sie sei tot und dass ich mich nie mehr würde erinnern können, wie es dazu gekommen war. Die Sanitäter hießen mich auf einem Stuhl Platz nehmen, um meine Kopfwunden zu verbinden. Dann sah sich einer von ihnen meine Nase an, sagte, sie sei gebrochen und ich müsse am nächsten Tag einen Arzt aufsuchen. Als ich aufstand und mich umsah, waren die Frau und der Rolltisch verschwunden. Ich schreibe dies am Samstag (sechs Tage später): Wäre sie wirklich tot, so hätte ich es in der Zwischenzeit bestimmt erfahren …

Sonntagmorgen

Soviel ich weiß, habe ich Dir noch nicht erzählt, was mit mir geschah, nachdem die amtlichen Notärzte in jener *Oktoberfest*nacht meine Wunden begutachtet und verbunden hatten – und auch nicht, wie ich Ärzte fand, die sich um mich kümmerten, und so weiter. Von den Notärzten entlassen, wurde ich den Polizeibeamten im Nebenraum vorgeführt, wo man mir zahllose Fragen stellte, die ich nicht beantwortete. Sie hatten auch noch zwei von den anderen Männern da, die ebenfalls ziemlich blutige Köpfe hatten – und vielleicht auch noch andere, die ich nicht wahrnahm. Als sie nichts aus mir herausbrachten, ließen sie mich laufen. Ich hatte meinen Hut verloren und war ein einziger Klumpen aus Schlamm und Blut: vom Dauerregen war alles durchnässt: ein junger Mann, den ich nicht kannte, schloss sich mir an, und als ich ihn fragte, was er wolle, sagte er, er «spielt keine Rolle»*. Wir nahmen eine Straßenbahn und gelangten wieder zur Stadtmitte, wo ich ausstieg und ihn abschüttelte – am *Odeonsplatz*.

Am selben Tag, beim Mittagessen mit den drei Leuten, die mit mir zum Fest gegangen waren, hatte ich einen jungen amerikanischen Arzt kennengelernt, der zu Fortbildungszwecken hierhergekommen war. Nun machte ich mich wieder auf den Weg zu ihnen, um seine Adresse herauszufinden. Bei meinem Eintreffen war das Ehepaar schon im Bett und die andere Frau mit dem Arzt ausgegangen. Sie standen herum, schnappten nach Luft und sahen bestürzt aus – die Frau machte mir eine Tasse Tee,– und nach wenigen Minuten kamen die Frau und der Doktor zurück. Er gab mir die Adresse eines anderen amerikanischen Arztes, der hier in einer berühmten Klinik arbeitete, und schärfte mir ein, ihn am nächsten Morgen umgehend aufzusuchen.

Ich nahm ein Taxi und fuhr quer durch die Stadt zur Klinik. Mein Erscheinen hatte in der Pension beinah ein Erdbeben ausgelöst, und die Leute auf der Stra-

---

* Offenkundiges Missverständnis des Verfassers, der sich das dt. «es spielt keine Rolle» mit «er spielt keine Rolle» übersetzt.

ße starrten mich an. Ich war an Dr. von Müllers Klinik verwiesen worden – und dieser Dr. von Müller ist einer der weltweit bedeutendsten Ärzte. Sein Bild war neulich in allen Zeitungen – anlässlich seines siebzigsten Geburtstags … Ich traf den großen Mann in seinem Sprechzimmer an, und als ich ihn nach seinem amerikanischen Assistenten fragte – Dr. Du Bois, der Name, der mir genannt worden war –, sagte man mir, der sei zu Hause, und ich möge dorthin gehen. Ich war niedergeschlagen und nahe dran, den alten von Müller höchstpersönlich zu bitten, sich meinen Kopf anzusehen (was unverzeihlich gewesen wäre), als plötzlich eben jener Du Bois zur Tür hereinkam. Der Name ist französisch, aber einen spröderen und professoraleren Amerikaner kann man sich gar nicht vorstellen. Er sah überaus geschniegelt und langweilig aus, mit blitzenden Brillengläsern und einer lakonisch spröden, beherrschten Stimme. Ich war total erledigt. Ich erzählte ihm, was geschehen und wo ich verletzt war, und er hörte aufmerksam zu und sagte dann in seiner nüchternen, beherrschten Art, wir wollten vielleicht mal – hm – sehen, was man – hm – für Sie tun könne. Zu diesem Zeitpunkt dachte ich schon, ich sei tot.

Aber lass mich Dir die volle Wahrheit über diesen Mann Dr. Du Bois verraten, der Professor an der Cornell Medical School ist, wie ich später erfuhr (deshalb der professorale Habitus). Er ist einer der großartigsten und freundlichsten Leute, die ich je kennengelernt habe. In seiner spröden, lakonischen Art kümmerte er sich tagelang mit überwältigender Liebenswürdigkeit um mich –

und mochte dann nicht einmal etwas für seine Dienste annehmen, obwohl er mit mir im Taxi zu meiner Pension gefahren war, um mir packen zu helfen, als der deutsche Arzt sagte, ich solle ins Krankenhaus kommen, und mich auch auf dem Rückweg begleitete, mich jeden Tag ein-, zweimal besuchte und mir Bücher brachte, solange ich im Krankenhaus lag. Im Übrigen fragte er den großen von Müller als Erstes, an wen wir uns wenden sollten, und der große von Müller riet, gleich über die Straße in die Chirurgische Abteilung zu gehen und den großen Lexer aufzusuchen, Deutschlands renommiertesten Schädelchirurgen.

Montagnacht
Mitternacht, Salzburg

Meine Liebe, ich hielt den Atem an heute, bis ich über die liebe Grenze war – ich bin davongekommen. Heute Abend – trotz einer scheußlichen Erkältung, die macht, dass ich kaum noch etwas sehe – fühle ich, dass mein Leben von nun an freier und glücklicher und weiser sein wird – und obwohl ich dieses läppische Gefühl schon früher mal gehabt habe, glaube ich irgendwie, dass es diesmal wahr werden wird. München hat mich beinahe umgebracht. Es hat mir den Kopf mit Narben übersät, die Nase gebrochen und mich zu guter Letzt in zehn elenden Sekunden auch noch mit einer mörderischen Erkältung geschlagen, die mir wie Feuer in den Nasenflügeln brannte und dann wie ein saurer Kloß im Hals steckenblieb. München hat mich beinahe umgebracht – doch binnen fünf Wochen hat es mich so viel über die

Menschen gelehrt, wie die meisten Leute binnen fünf Jahren nicht lernen.

Der *Herr Geheimrat* hat, glaube ich, bei meiner Nase gepfuscht. Sie kommt mir schrecklich krumm vor, obwohl die Leute in München behaupteten, sie sehe gut aus. Mein Haar sprießt wie wolliger Niggerflaum, und unter der Bürste schimmern meine Narben hervor …

P.S. Das abscheuliche Wetter in München ist unbeschreiblich. Neulich hat es dort geschneit – Mitte Oktober! Und Gott! wie ich begonnen habe, den bleiernen Himmel zu hassen, den fahlen, kümmerlichen Sonnenschein. Dagegen der Zauber, der Salzburg umgibt – alles weiß – und entzückend!

Nachwort

Thomas Wolfes Wiesn-Leidenschaft

«Nur wer die Sehnsucht kennt»

«Ein Schicksal, das Engländer unter Deutsche führt, ist seltsam genug», mit diesen Worten beginnt einer der großartigsten Romane der modernen amerikanischen Literatur: Thomas Wolfes *Schau heimwärts, Engel*. Welch seltsame Laune des Schicksals war es dann wohl, die einen sechsundzwanzigjährigen Amerikaner unter die Bayern führte? Er selbst (der Autor des Romans) hätte gewiss von einer schicksalhaften Bestimmung gesprochen, war München doch schon früh ein Sehnsuchtsort, der für ihn das in Reinkultur repräsentierte, was er unter «typisch deutsch» verstand. Wolfes Deutschland, das war Lebenslust, Überschwang, geistige und sinnliche Leidenschaft und nicht zuletzt ein Stück ferne Heimat, aus dem die Vorfahren väterlicherseits einst in die Vereinigten Staaten eingewandert waren.

Als jüngstes von acht Kindern in Asheville, einer kleinen Gebirgsstadt in North Carolina, im Schatten der Blue Ridge Mountains aufgewachsen, wurde der kleine Tom vom Vater schon früh mit etwas konfrontiert, was er später als «deutsche Vorliebe für den Überfluss» beschreiben sollte. An der Wolfe'schen Familientafel war bacchantische Sinnenfreude, Prasserei, lustvolles Sich-Berauschen bis zum Exzess an der Tagesordnung. So verinnerlichte der Junge das Übermaß als deutsche Kardinaltugend. Von klein auf dazu angehalten, mit Messer und Gabel «gargantueske Portionen» in Angriff zu nehmen, entwickelte er sich im Lauf der Jahre zum Inbegriff des Lebemannes, verausgabte sich in jeglicher Hinsicht und verkörperte mit seiner hünenhaften Gestalt nun auch rein äußerlich das Ideal genießerischer Inbrunst.

Derlei Prägungen, das Wissen um seine Abstammung, vor allem aber die Einflüsse der Kindheit schufen den Nährboden für Wolfes Deutschland-Affinität, sie führten jedoch auch dazu, dass diese Affinität ganz konkreten Vorstellungen unterworfen war, die seine Wahrnehmung zeitlebens bestimmten. Unnötig zu betonen: Sympathien für Deutschland waren bei einem Amerikaner seiner Generation alles andere als selbstverständlich. Vorbei die Zeiten, da man sich jenseits des Atlantiks für die seelenvolle Trink-Brüderlein-trink-Idylle der *German Gemütlichkeit* erwärmte und mit Ehrfurcht auf das Volk der Dichter und Denker blickte. Mit dem Eintritt der USA in den Ersten Weltkrieg 1917 war die Propaganda wider die blutrünstigen *«Huns»* angelaufen; fortan gaben antideutsche Ressentiments den Ton an. Thomas Wolfe indes weigert sich beharrlich, den Schreckensbildern teutonischen Barbarentums Glauben zu schenken. Lieber hält er sich an das, was er als väterliches Erbteil in sich trägt und was ihm bei der eigenen Identitätssuche als genuin deutsches Wunschbild vorschwebt. So ist es durchaus bezeichnend, wenn er, angestachelt durch ein ziemlich handfestes männliches Begehren, einem Briefpartner während seiner ersten Europareise im Januar 1925 offenbart: «Seit einiger Zeit schon habe ich ein Auge auf München und das Bier und auf dralle Blondinen geworfen.» Es sollte indes noch fast zwei Jahre dauern, ehe er solchen Lustbarkeiten frönen konnte.

«München, Stadt am Isarstrande»

Als er im Dezember 1926 in München aus dem Zug steigt, geht für Thomas Wolfe ein lang gehegter Wunsch in Erfüllung. Er lässt sein Gepäck ins «Vier Jahreszeiten» schaffen und macht sich schnurstracks auf den Weg in die Höhle des Löwen. Der Besuch im Hofbräuhaus kommt einer Offenbarung gleich. Er sucht sich einen Platz nahe dem Eingang, bestellt seine erste Maß, und schon beim ersten Schluck wird ihm klar: Das ist «das beste Bier, das ich jemals getrunken habe». Um ihn herum Massen fröhlicher Zecher und Schlemmer, das durchdringende Geruchsmischmasch aus Küchendämpfen, Bierdunst, Pfeifen- und Zigarrenrauch, der ohrenbetäubende Lärm, das ungestüme Bramarbasieren und Disputieren, Zuprosten und Frohlocken aus zwölfhundert teutonischen Kehlen … all das übertrifft seine Erwartungen bei Weitem. «Mein Gott! *wie* die Leute essen und trinken!», schreibt er seiner Mutter auf eine Ansichtskarte, auf der die Neuhauser Straße zu sehen ist.

Tags darauf erkundet der Neuankömmling München, damals eine Stadt von gut 680 000 Einwohnern. Sie zeigt sich von ihrer gastlichsten Seite, als Metropole barocker Prägung, in der man mit dem, was man hat, nicht geizt und wo jedermann ungeniert seiner Lebenslust frönen darf. Nach den Entbehrungen, die mit dem Ersten Weltkrieg und der darauf folgenden Inflation einhergegangen waren (1923 kostete eine Maß Bier 21 Millionen Mark), hat die Stadt mittlerweile wieder zu ihrem vitalen Selbstverständnis gefunden. Mit ihrer bodenständigen Jovialität, ihrem fröhlichen Eigensinn und ihrem schwelgerischen Hedonismus trifft sie ziemlich genau den Nerv von Wolfes eigenem Lebensideal.

Wer allerdings meint, der bekennende Bier- und Blondinen-Liebhaber sei nur leiblicher Genüsse wegen gekommen, hat sich gründlich getäuscht. München ist eine Kulturstadt von Rang, und selbst der *Homo bavaricus* lebt nicht vom Bier allein. Thomas Wolfe absolviert einen Kulturmarathon, der ihn in die Glyptothek führt, ins Deutsche Museum, ins Maximilianeum und in die Alte Pinakothek, wo er die Werke Dürers, Cranachs, Grünewalds und Rubens' bewundert; in der Neuen Staatsgalerie am Königsplatz sieht er Cézanne, van Gogh, Matisse, Renoir und Manet und steht fassungslos vor den «scheußlichen Gemälden der viktorianischen Deutschen». Er unternimmt ausgedehnte Spaziergänge durch den verschneiten Englischen Garten, flaniert durch die Maxvorstadt und durch das legendäre Boheme-Schwabing; er wärmt sich in Kaffeehäusern, lauscht den Gesprächen der Einheimischen und macht sich eifrig Notizen. Dazwischen schreibt er weiter an seinem Riesenepos *Look Homeward, Angel.* Beseelt von dem Wunsch, dereinst den eigenen Namen in gedruckten Lettern auf einem Buchumschlag lesen zu dürfen, inspiziert er die Schaufenster der Münchner Buchhandlungen, wo sich neben den Romanen eines Thomas Mann und eines Jakob Wassermann auch deutsche Ausgaben junger US-amerikanischer Erzähler stapeln. Abends geht er trotz recht bescheidener Deutschkenntnisse fleißig ins Theater und verschafft sich binnen kürzester Zeit einen umfassenden Eindruck. Er sieht *Der Zug nach dem Westen* (eine Orchesterrevue), Shaws *Mensch und Übermensch, Rheingold*, ferner – als eine der einprägsamsten kulturellen Erfahrungen jener Tage – ein *«Bavarian Vaudeville»* am Platzl.

Was er bei seinem ersten München-Besuch erlebt, lässt aus dem wohlmeinenden Fremdling einen lebenslangen Enthusiasten werden. Der Menschenschlag hier – volkstümlich und zugleich urban, bierselig und geistvoll – ist ganz nach seinem Geschmack, abgesehen von einer gewissen «Sorte von Deutschen – junge Herren mit Schmiss und ältere mit glattrasierten Kugelköpfen, Schweinsäuglein und drei Speckrollen überm Hemdkragen», deren herrisches Auftreten ihm einfach zuwider ist. In München, so seine Bilanz unmittelbar nach der Abreise nach Wien, habe er einige der großartigsten Dinge seines Lebens erlebt. Zweifellos hätte das ausgereicht, um das amerikanische Greenhorn aus North Carolina zum Stammgast an der Isar zu machen. Doch wird ihm zugetragen, dass es noch einer Steigerung bayerischer Lebenslust und Bierseligkeit gebe. Wenn er im Spätsommer wiederkäme, so heißt es, könne er sein weißblaues Wunder erleben. Nicht Hunderte, nein, Tausende würden sich dort in orgiastischem Überschwang zuprosten, auf einem Volksfest, das alljährlich in der zweiten Septemberhälfte beginne. Wolfe muss nicht lange überlegen.

«Ein Prosit der Gemütlichkeit»

Er kommt im September 1927, pünktlich zum Anstich, und mietet sich in einer kleinen Pension in der Amalienstraße ein. Der Sohn seiner Zimmerwirtin erklärt sich bereit, ihn bei seinem Antrittsbesuch zu begleiten und ihn in die Mysterien der bayerisch-dionysischen Volksbelustigung einzuführen. Wolfe gesteht freimütig, dass ihn das Tingeltangel auf den ersten Blick enttäuscht. Es kommt ihm vor wie ein provinzieller Abklatsch des berühmten Vergnügungsparks im Süden Brooklyns. Achterbahnen, Spielhallen, Revuetheater und Lokale – dafür hätte er nicht Tausende von Kilometern fahren müssen. Was ihm indes auf Anhieb gefällt, ist das bunte Volk, das aus allen Himmelsrichtungen herbeiströmt. Er kann sich gar nicht sattsehen an dem Festgepränge, an den in ihren bezaubernden Trachten herausgeputzten Landfrauen, an den Münchnerinnen in ihren aparten Dirndln und an den eindrucksvollen Mannsbildern, die – in der Krachledernen oder im Sonntagsstaat – dem schönen Geschlecht an Putzsucht kaum nachstehen.

Man beschließt, einer artistischen Vorführung beizuwohnen und, nachdem man genug gesehen hat, sein Glück bei den Festhallen zu versuchen, von deren Dimensionen sich der Gast nun doch beeindruckt zeigt. Noch vor dem Krieg war damit begonnen worden, die traditionellen kleinen Wirtsbuden durch monumentale Bierhallen (wie die Festzelte anno dazumal genannt wurden) der Münchner Großbrauereien zu ersetzen. Das Bahnbrechende an diesem Konzept war, dass nunmehr eine vierzig Mann starke Kapelle im Zentrum des Geschehens saß und den Gästen mit einem fein abgestimmten Repertoire an Stimmungsmusik einheizte: vom Bayerischen Defiliermarsch über *Ein Prosit der Gemütlichkeit* oder *Oans, zwoa, drei, g'suffa* bis hin zu Gassenhauern wie *La Paloma* (der erste Wiesnhit), Walzern, Polkas oder Operettenmelodien. Mit einem Fassungsvermögen von bis zu sechstausend Gästen und kollektiver Beschallung ermöglichten diese Bierhallen eine ungleich stärkere Verdichtung der Atmosphäre und schufen die Voraussetzung für das Massenereignis moderner Prägung, bei dem Tausende Individuen in einem Rhythmus schunkelnd und klatschend zu einer homogenen Feiergemeinde verschmelzen.

Es dauert ein Weilchen, ehe die beiden Besucher Einlass finden, und es dauert noch länger, ehe sich Thomas Wolfe von seiner skeptischen Beobachterrolle löst. Doch dann sieht er ein, dass er selbst Teil des Ganzen werden muss, um das Wesen der Veranstaltung zu ergründen. Tapfer kämpft er sich an der Seite seines Begleiters vor, immer wieder hin- und hergerissen zwischen Faszination und Schrecken, bis er im Epizentrum des Menschenbebens angelangt ist. Und nun geht es erstaunlich schnell. Unter dem Eindruck der allgemeinen Feier- und Sangeslaune sowie unter dem Einfluss der einen oder anderen Maß lässt er sich von der seelischen Trunkenheit der anderen anstecken, schmettert und schunkelt mit und fühlt sich mit einem Male nicht mehr als Fremdling, sondern als ein Initiierter, in die *Communitas bavariae* Aufgenommener. Die Hochstimmung mündet in einen regelrechten Glücksschauer. Schlagartig wird ihm bewusst, was die Einmaligkeit dieses Ortes ausmacht: das Aufgehen des Individuums in der Masse, die Einswerdung mit einer orgiastischen Festgemeinde und das damit verbundene «ozeanische Gefühl», wie Freud es genannt hat. Die anfängliche Verunsicherung ist wie weggeblasen, die Bangigkeit des Fremd- und Ausgeliefertseins an teutonische Urgewalten schlägt um in echte Bezauberung, ja in eine tief empfundene Seelenverwandtschaft.

Genau jener Zwiespalt zwischen Beklemmung und Euphorie, bei dem es sich (wie jeder erfahrene Wiesnbesucher bestätigen wird) um eine notwendige Korrelation handelt, aus dem sodann ein dialektischer Prozess erwächst, sollte fortan Wolfes Passion für München kennzeichnen. Mit Paris wurde er nie warm, London fand er wunderbar, von Wien und Berlin war er bezaubert, doch nur München bescherte dem leidenschaftlichen Gefühlsmenschen Wolfe so gewaltige Exaltationen.

«O Haupt voll Blut und Wunden»

Restlos begeistert von den Erlebnissen des Jahres 1927, weilt er im Jahr darauf nun schon zum dritten Mal in München, und abermals weiß er es so einzurichten, dass bei seinem Eintreffen Wiesnzeit ist. Er schlendert durch eine Stadt, die schon etwas Heimeliges für ihn hat. Beim

Augustiner in der Neuhauser Straße wagt er es, mit einem Einheimischen ein Gespräch anzuknüpfen. Rasch gerät man ins Politisieren. Ein großes Thema dieser Tage ist das angespannte, ideologisch aufgeladene Verhältnis Europa/Amerika, worüber sich am Stammtisch trefflich streiten lässt. Aber, oh, verkehrte Welt! Während der Amerikaner seine idealistischen Ansichten kundtut, entpuppt sich der Bayer vis-à-vis als hemmungsloser Materialist, dem das leibliche Wohl über alle Kultur und höhere Geistigkeit geht. Auf Wolfe, der ja selbst bekanntlich kein Kostverächter war, muss dieser «große feiste Kerl» gewaltigen Eindruck gemacht haben, wie er da vor seinen Augen «literweise Bier in sich hineinschüttete und sich mit vierzehn verschiedenen Fleisch- und Wurstsorten seines Delikatessenaufschnitts den Wanst vollschlägt. Für kein Gemälde und kein Buch auf der Welt hätte er einen Liter seines Biers abgegeben.»

Es sollte nicht bei dieser heiteren Lektion bleiben. Dass die Gemütsruhe der Münchner sehr wohl ihre Grenzen hat und dass die viel besungene *Libertas bavariae*, leichtfertig herausgefordert, in eine ganz andere Manifestation bayerischer Folklore umschlagen kann, bekommt Wolfe an jenem unseligen Wiesnabend am eigenen Leib zu spüren, jäher und unheilvoller, als er es je für möglich gehalten hätte. In seinem brieflichen Bericht macht der Verfasser gar kein Hehl daraus, dass er selbst maßgeblichen Anteil an der Eskalation hatte, und schildert, was ihm widerfahren ist, erstaunlich gleichmütig, ganz im Stile eines amerikanischen *sportsman*. Das Bemerkenswerteste aber: Er lässt sich von dem Vorfall, den er im Nachhinein als «seltsam, wild, hässlich und schön» bezeichnet, in seiner Liebe zur Stadt nicht beirren – eine Liebe, die nur als zutiefst ambivalente, von Extremen geprägte vorstellbar ist.

Daraus erklärt es sich, dass er in einem späteren Roman, posthum unter dem Titel *You Can't Go Home Again* erschienen, das Münchner Trauma zu einem regelrechten Läuterungserlebnis seines Alter Ego George «Monk» Webber hochstilisiert: «... nachdem er sich kreuz und quer über den Kontinent geflucht, gehurt, gesoffen und geprügelt hatte, waren ihm bei einer Bierhallen-Schlägerei der Schädel demoliert, ein paar Zähne ausgeschlagen und die Nase gebrochen worden. Und dann, in der Einsamkeit der Genesung in einem Münchner Hospital, als er rücklings im Bett lag und mit zertrümmertem Gesicht an die Decke blickte, hatte er nichts Besseres zu tun gehabt als nachzudenken. Da, endlich, war ihm ein Licht aufgegangen. Da war der Wahnsinn von ihm gewichen, und zum ersten Mal seit vielen Jahren war er mit sich im Reinen gewesen.»

Thomas Wolfe konnte von Glück sagen, dass er mit dem Leben und einem heilsamen Schrecken davongekommen war. Zu dieser Beinahe-Tragödie gibt es übrigens noch ein satirisches Nachspiel: Als der im Kampf übel Zugerichtete halbwegs wiederhergestellt ist, die Blessuren notdürftig verheilt, die gebrochene Nase gerichtet, da platzt in Oberammergau erneut eine seiner Kopfwunden auf und veranlasst ihn, sich zur Nachbehandlung ins dortige Krankenhaus zu begeben. Von der Skurrilität der Szenerie sichtlich belustigt, berichtet er im Januar 1929, er sei von niemand Geringerem als von Pontius Pilatus und Judas umsorgt worden – Arzt der eine, Krankenpfleger der andere, und beide Laiendarsteller bei den Passionsspielen von 1930.

Welch unvergleichliche Bedeutung die Wiesn für Thomas Wolfe trotz oder gerade wegen dieser Leidenserfahrung hatte, lässt sich am deutlichsten daraus ersehen, dass er sich seit Mitte des Jahres 1930 mit der Absicht trug, seine Fortsetzung von *Look Homeward, Angel* nach ihr zu benennen; *The October Fair, or Time and the River: A Vision* – kein bloßer Roman, o nein, ein ganzer Romanzyklus, wenn es nach ihm ginge, umfassender und grandioser als alles, was er bislang geschaffen habe. Das Münchner Oktoberfest als Sinnbild für das Auf und Ab des Lebens, für die Unbilden des menschlichen Schicksals, das unerbittliche Verfließen der Zeit und den ewigen Wandel einer trügerischen Welt? Nicht weniger als das schwebte dem Autor vor. Und wäre der Plan nicht an seiner Monstrosität gescheitert, lägen heute wohl alljährlich im September ganze Stapel dieses überdimensionalen literarischen Vermächtnisses in den Münchner Buchhandlungen.

«Von Kopf bis Fuß auf Liebe eingestellt»

Angesichts der Gefühle, von denen unser Autor auf dem Oktoberfest überwältigt worden ist, mag es überraschen, dass vom machtvollsten unter allen nicht (oder nur am Rande) die Rede ist: von der Liebe. Dafür gibt es eine plausible Erklärung. Thomas Wolfe hatte 1925 auf der Überfahrt von England zurück in die USA eine Frau kennengelernt: Aline Bernstein, eine aus jüdischer Familie stammende Kostümbildnerin, zwanzig Jahre älter als er, mit einem erfolgreichen New Yorker Geschäftsmann verheiratet und Mutter zweier erwachsener Kinder. Sie wurde ihm Geliebte und Mäzenatin, ermutigte ihn zum Schreiben und subventionierte in generöser Weise seine ausgedehnten Europa-Reisen. Während eines gemeinsamen Aufenthalts in England im Juni 1926 hatte Thomas Wolfe mit der Arbeit an *Look Homeward, Angel* begonnen, und dank ihrer Zuwendungen war er fortan in der glücklichen Lage, am Roman weiterzuschreiben, wo und wann immer er wollte. Die Affäre sollte bis 1930 dauern, und es ist nur zu verständlich, dass in jenen Jahren sowohl in den autobiografischen Erzählungen als auch in der Korrespondenz bestimmte Aspekte des Privatlebens ausgeblendet blieben.

Es geht hier auch nicht um schlüpfrige Spekulationen, sondern allein um die Erörterung der Frage, wodurch Wolfes München-Leidenschaft sonst noch befeuert worden sein mag. Neben den geschilderten Verzückungen gibt es da noch den objektiven Tatbestand, dass Wiesnbesucher beiderlei Geschlechts immer schon gut durchblutet gewesen sind und das Oktoberfest damals wie heute als Hochamt libidinöser Ausschweifung gilt. So monierte die Münchner Polizei im Geburtsjahr unseres Autors, dass sich auf dem Karussell ausg'schamte Frauenspersonen in eindeutigen Posen räkelten und ihre körperlichen Vorzüge zur Schau stellten, indem sie in einer «allen Anstand verspottenden Weise auf den Pferden herumarbeiteten. Mit rothen Gesichtern, teilweise oft aufgelösten Haaren, konnten sie mit ihrem widerlichen Gebahren gar kein Ende finden». Die Attraktion, die von diesem Ort ausging, war eben zu allen Zeiten eine durch und durch sinnliche. Einem Thomas Wolfe, für die Versuchungen des Eros nicht unempfänglich, wird weder die gelockerte Affekt- und Triebkontrolle auf der Wiesn noch der Liebreiz der Münchner Madln entgangen sein. Da sublimierte Leidenschaft indes nicht minder wirkungsmächtig ist als ungezügelte Libido, tut es nichts zur Sache, ob unser München-Enthusiast den zahllosen Anfechtungen zu widerstehen wusste oder nicht.

Wolfes Ausblendung beziehungsweise Sublimation des Sexus belegt aber etwas anderes: Literatur ist stets inszenierte Wirklichkeit. Die Meisterschaft des Erzählers zeigt sich in dem Vermögen, eine eigene Realität zu erschaffen und die Teile, seien sie nun durch eigenes Erleben beglaubigt oder fingiert, zu einem stimmigen, atmosphärisch dichten Ganzen zu arrangieren. Das ist Wolfe geglückt: in der Erzählung *Oktoberfest*, im Brief an die Geliebte wie auch in der späteren Umarbeitung des Initiationserlebnisses von 1927 und der Schlägerei-Episode von 1928 für den Roman *The Web and the Rock* (postum 1939). Und dann wären da noch die kleinen Fehlleistungen, die den Anschein der Echtheit eher befördern, als dass sie ihm schaden würden – etwa, wenn der Erzähler gleich am Beginn behauptet, die Theresienwiese liege im Osten der Stadt, oder wenn sich der Briefschreiber brüstet, er habe mit seinen acht Maß mehr als einen Liter reinen Alkohols im Blut gehabt – ein Irrtum, der daraus resultiert, dass er den Alkoholgehalt des Oktoberfestbiers (etwa 6,3 % Vol.) mit dessen Stammwürze (etwa 13,5 %) verwechselt; tatsächlich waren es rund 0,4 Liter. Auch die sprachlichen Unbeholfenheiten des Amerikaners schmälern die Glaubwürdigkeit des Berichts nicht im Geringsten – «Lassen mir den Mann stehen» könnte auf gut Bayrisch «Lassen's mir mein' Mann in Ruh'» gelautet haben, während uns das Missverständnis vom Mann, der «keine Rolle spielt», unwillkürlich schmunzeln lässt.

«As Time Goes By»

Als Nobody war Thomas Wolfe einst ausgezogen, als gefeierter Star der jungen US-amerikanischen Literatur kehrt er sechs Jahre später zurück. 1929 ist in den Vereinigten Staaten sein Romandebüt *Look Homeward, Angel* erschienen und hat ihn auf Anhieb berühmt gemacht. Fortan gehört er neben einem F. Scott Fitzgerald (den er in Paris kennenlernt), einem William Faulkner oder einem Ernest Hemingway zu den großen Repräsentanten moderner amerikanischer Erzählkunst. Auch hierzulande erntet das Buch mit Erscheinen der deutschen Übersetzung von 1930 einhellige Begeisterung bei der Kritik und bei bedeutenden Schriftstellerkollegen wie Hermann Hesse, Gottfried Benn, Hermann Broch oder Klaus Mann.

Der Grund für Thomas Wolfes Deutschlandreise im Jahre 1935 ist indes ein pragmatischer: Die rigiden nationalsozialistischen Devisenverordnungen untersagen es seinem Verlag, ihm die Tantiemen aus dem Verkauf deutscher Ausgaben ins Ausland zu überweisen. Will Wolfe in den Genuss seines Geldes kommen, muss er nach Deutschland fahren und es hier ausgeben. Das tut er dann allerdings mit ungeschmälerter Freude. Bis nach Süddeutschland schafft er es diesmal nicht, doch auch in nördlichen Gefilden fühlt er sich vom ersten Tag an heimisch. In einem langen Brief, den er auf der Wartburg schreibt, setzt er seinem Lektor nochmals die tiefe Verbundenheit mit Deutschland auseinander, seine Ehrfurcht vor seinen Einwohnern, den «kindlichsten, freundlichsten und willfährigsten Menschen auf der ganzen Welt». In den höchsten Tönen preist er ihren edlen Sinn für Freiheit und Ehrfurcht, ihre Seelenstärke und Hingabefähigkeit, und selbst dort, wo er auf ihren nationalistischen Wahn zu sprechen kommt, der sich im «inbrünstigen Glauben an eine verhängnisvolle und zerstörerische Sache» manifestiere, schwingt noch Verständnis mit: Nicht aus moralischer Verkommenheit seien die Deutschen auf Abwege geraten, sondern bloß aus Gutgläubigkeit. Das Böse, das Hitlerdeutschland für viele Amerikaner verkörpere, sei «eigentümlich und unauflöslich mit einer gleichsam wunderbaren Hoffnung verwoben, die Millionen Menschen erhebt und beseelt».

Im darauffolgenden Sommer 1936 ist die Stunde der Wahrheit gekommen. Nach achtjähriger Abwesenheit riskiert Wolfe im Juni einen Abstecher in die bayerische Landeshauptstadt und schaut in der Alten Pinakothek noch einmal bei den geliebten Dürers, Cranachs und Grünewalds vorbei; er reist wieder ab und kommt Ende August ein allerletztes Mal. In Berlin, wo er zwischenzeitlich seinen deutschen Verleger Heinrich Maria Ledig-Rowohlt wiedergetroffen und Hitlers Propaganda-Olympiade miterlebt hat, ist die Erkenntnis in ihm gereift, dass sein Deutschland endgültig der Vergangenheit angehört: *«Germany had changed.»* Es heißt nun, sich von der liebgewonnenen Voreingenommenheit für seine zweite Heimat, von seinem Enthusiasmus für Deutschland und die Deutschen zu verabschieden. In einem langwierigen, ungemein schmerzhaften geistigen Ablösungsprozess hat Thomas Wolfe begriffen, dass unter den Vorzeichen des Faschismus seine lang aufrechterhaltene Germanophilie ein Unding ist. Es liest sich wie der finale Beschwörungsversuch eines Resignierten, wenn er Anfang September 1936 auf die Rückseite einer Ansichtskarte, die die Feldherrnhalle zeigt, die Worte setzt: «Dies ist eine großartige Stadt – nach acht Jahren kommt sie mir ganz natürlich und vertraut vor.»

Hitler, dessen Putschversuch 1923 an der Feldherrnhalle gescheitert war, hat München 1935 zur «Hauptstadt der Bewegung» gemacht. Es mag dem Gast ein schwacher Trost gewesen sein, doch merkt man seinen Zeilen die Erleichterung darüber an, dass es sich bei der nunmehrigen «Führerstadt» immer noch um sein altes München handelte.

«Muss i' denn zum Städtele hinaus»

Auf das Oktoberfest, das am 19. September 1936 seine Pforten öffnete, ist er nicht mehr gegangen. Es war wohl auch besser so. Dort gaben wie überall inzwischen die neuen Machthaber den Ton an. Für alle sichtbar, demonstrierten sie auf der in «Großdeutsches Volksfest» umbenannten Wiesn ihr propagandistisches Geschick. Die weiß-blauen und gelb-schwarzen Fahnen wurden durch Hakenkreuzflaggen ersetzt, und im traditionellen Trachten- und Schützenzug marschierten an der Seite des «Reichsnährstands» Braunhemden mit erhobener Rechter und das «arische» Jungvolk der Hitlerjugend.

Thomas Wolfes Tage in *good old Germany* sind gezählt. Es lässt sich nicht länger leugnen: Aus dem verehrten «Reich der Zauberwälder, dem Reich der Märchen und des Elfenspuks», aus der Heimat «der Wahrheitsliebenden und der Wahrheitssucher», aus dem Vaterland des Idealismus, der vitalen Kulturnation, ist ein geist- und gemütfeindlicher Weltteil geworden. Die neuen Machthaber haben es fertiggebracht, aus den gastfreundlichen Deutschen ein xenophobes, paranoides «Wirtsvolk» zu machen. In *You Can't Go Home Again* setzt er ein letztes Mal zu einer Liebeserklärung an die verlorene Heimat an: «Unvermittelt dachte er an Deutschland, und er gedachte seiner mit heftigem Verlangen. Von all den Ländern, die er je gesehen hatte, war es gleich nach Amerika dasjenige, das er am meisten liebte, in dem er sich am meisten zu Hause fühlte und mit dessen Einwohnern ihn die selbstverständlichste, unmittelbarste und instinktivste Sympathie und Übereinstimmung verband. Zugleich war es das Land, dessen Mysterium und Zauber ihn vor allen anderen fesselte. Er war ein paar Mal da gewesen, und jedes Mal hatte es ihn gleichermaßen in Bann gezogen. Und nun, nach Jahren der Mühsal und Erschöpfung, brachte der bloße Gedanke an Deutschland seiner Seele Frieden, Erleichterung, Glück und wieder die alte Bezauberung zurück.»

Bei der Ausreise aus Nazideutschland machte er dann jene Erfahrung, die ihm endgültig die Augen für die schrecklichen Realitäten öffnete. An der Reichsgrenze wurde ein mitreisender Jude von SS-Leuten abgefangen, aus dem Zugabteil geholt und brutal abgeführt. Wie aus so vielen anderen Lebenserfahrungen machte er auch aus dieser Literatur: Die Geschichte erschien 1937 unter dem Titel *I Have a Thing to Tell You*, was zur Folge hatte, dass Thomas Wolfe den Nationalsozialisten nunmehr als unerwünschter Autor galt.

«Abend ward, nun kommt die Nacht»

Im Sommer des darauffolgenden Jahres – auf der Theresienwiese haben soeben die Vorbereitungen für das 119. Oktoberfest begonnen – erkrankt Thomas Wolfe während eines Aufenthalts in Seattle an einer schweren Lungenentzündung. Der Krankheitsverlauf ist besorgniserregend, die Infektion lässt einen alten Tuberkuloseherd in der Lunge wieder akut werden. Wolfe wird ins Johns Hopkins Hospital in Baltimore überwiesen, wo man tuberkulöse Meningitis diagnostiziert. Eine sofort eingeleitete Notoperation kommt zu spät, die gesamte rechte Hirnhälfte ist bereits befallen, und der Patient wird das Bewusstsein nicht wiedererlangen. Thomas Wolfe stirbt am 15. September 1938, achtzehn Tage vor seinem achtunddreißigsten Geburtstag.

Am selben Tag ist der britische Premier Chamberlain in welthistorischer Mission in München gelandet, um zweieinhalb Stunden lang mit Hitler in dessen Berchtesgadener Alpenresidenz zu verhandeln – in der irrigen Annahme, der Friede Europas könne gerettet werden, indem man dem Führer weitreichende Zugeständnisse in der Sudetenfrage mache. In Wahrheit ist dies bereits der Anfang vom Ende. Am Samstag, den 24. September – Chamberlain ist wieder zurück in London –, schmettern in München noch einmal die Blaskapellen los, als gäb's kein Morgen. Es sollte für lange Zeit das letzte Mal sein, dass in den Keferloher Steinkrügen das Bier überschäumte und sich Gäste aus Nah und Fern im ozeanischen Gefühl der Allverbundenheit zuprosteten. Schon im Jahr darauf hat der Zweite Weltkrieg dem Prosit der Gemütlichkeit den Garaus gemacht.

Horst Maria Lauinger

Oktoberfest

A Story

One Sunday afternoon, at the end of September, I made my way, accompanied by Heinrich Bahr, to the Theresien Fields, on the eastern edges of Munich, where the October fair was going on. As we walked along, past the railway station and toward the carnival grounds, the street, and all the streets that led to it, began to swarm with people. Most of them were native Müncheners, but a great number were also Bavarian country people. These Bavarians were brawny men and women who stained the crowd brilliantly with the rich dyes of their costume—the men in their elaborately embroidered holiday shorts and stockings, the women in their bright dresses and lace bodices, marching briskly along with the springy step of the mountaineer. These peasants had the perfect flesh and the sound teeth of animals. Their smooth round faces bore only the markings of the sun and the wind: they were unworn by the thought and pain that waste away man's strength. I looked at them with a pang of regret and envy—their lives were so strong and confident, and having missed so much they seemed to have gained so gready. Their lives were limited to one or two desires—most of them had never read a book, a visit to this magic city of Munich was, to them a visit to the heart of the universe, and the world that existed beyond their mountains had no real existence for them at all.

As we neared the Theresien Fields, the crowd became so thick that movement was impeded and slowed down. The huge noises of the fair came to us now, and I could see the various buildings. My first feeling as I entered the Fields was one of overwhelming disappointment. What lay before me and around me seemed to be a smaller and less brilliant Coney Island. There were dozens of booths and sheds filled with cheap dolls, teddy bears, candy wrappers, clay targets, etc., with all the accompanying claptrap of two-headed monsters, crazy houses, fat ladies, dwarfs, palmists, hypnotists, as well as all the elaborate machinery for making one dizzy: whirling carriages and toy automobiles that spun about on an electrified floor, all filled with people who screamed with joy when the crazy vehicles crashed together and were released again by an attendant.

Heinrich Bahr began to laugh and stare like a child. The childlike capacity of all these people for amusement was astonishing. Like children, they never seemed to grow weary of the whole gaudy show. Great fat fellows with shaven heads and creased necks rode on the whirling and whipping machines, or rode round and round, again and again, on the heaving wooden horses of the merry-go-rounds. Heinrich was fascinated: I rode with him several times on the breathless dip-and-dive of the great wooden trestle-like railway, and then was whipped and spun dizzy in several of the machines.

Finally Heinrich was content. We moved slowly along down the thronging central passage of the fair until we came to a more open space at the edge of the Fields. Here from a little platform a man was haranguing the crowd in harsh, carnival-barker's German. Beside him on the platform stood a young man whose body and arms were imprisoned in a sleeveless canvas jacket and manacled with a chain. Presently the barker stopped talking, the young man thrust his feet through canvas loops, and he was hauled aloft, feet first, until he hung face downward above the staring mob. I watched him as he began his desperate efforts to free himself from the chain and jacket that fettered him, until I saw his face turn purple, and the great veins stand out in ropes upon his forehead. Meanwhile, a woman passed through the crowd soliciting contributions, and when she had got all the money the crowd would yield, the young man, whose swollen face was now almost black with blood, freed himself very quickly and was lowered to the earth. The crowd dispersed almost, it seemed to me, with a kind of sullenness as if the thing they had waited to see had now happened but had somehow disappointed them, and while the barker began his harangue again, the young man sat in a chair recovering himself, with his hand before his eyes. Meanwhile, the woman who had collected money stood by him anxiously, looking at him, and in a moment spoke to him. And somehow just by their nearness to each other and by no other outward sign there was communicated to me a sense of tenderness and love.

My mind was reeling from all the clamorous confusion of the fair, and this last exhibition, coming as a climax to an unceasing program of monsters and animal sensations, touched me with a sense of horror. For a moment it seemed to me that there was something evil and innate in men that blackened and tainted even their most primitive pleasures.

Late afternoon had come; the days now were shortening rapidly, and the air was already that of autumn—it was crisp and chill, meagerly warmed by a thin red sunshine. Over all the fair there rose the dense and solid fabric of a hundred thousand voices. Heinrich, whose interest in the shows of the fair had been for the time appeased, now began to think of beer. Taking me by the arm, he joined in the vast oscillation of the crowd that jammed the main avenue of the carnival in an almost solid wedge.

The Germans moved along slowly and patiently, with the tremendous massivity that seems to be an essence of their lives, accepting the movement of the crowd with enormous contentment as they lost themselves and became a part of the great beast around them. Their heavy bodies jostled and bumped against one another awkwardly and roughly, but there was no anger among them. They roared out greetings or witticisms to one another and to everyone; they moved along in groups of six or eight, men and women all together with arms linked.

Heinrich Bahr had become eager and gay; he laughed and chuckled to himself constantly; presently, slipping his hand through my arm with a friendly and persuasive movement, he said: "Come! Let us go and see the Roasted Ox." And immediately at these words an enormous hunger woke in me, a hunger for flesh such as I had never known: I wanted not only to see the Roasted Ox, I wanted to devour great pieces of it. I had already noticed one characteristic of this fair that distinguished it from any other I had ever seen. This was the great number of booths, large and small, given over to the sale of hot and cold meats. Great sausages hung in ropes and festoons from the walls of some of these places, while in others there was a constant exhalation from steaming and roasting viands of all kinds and sizes. The fragrance and the odor were maddening. And it seemed to me that above this dense mass of people that swayed along so slowly, there hovered forever in the thin cold air an odor of slaughtered flesh.

But now we found ourselves before a vast long shed, gaily colored in front, and bearing above its doors a huge drawing of an ox. This was the Oxen Roastery *(Ochsen-Braterei)*, but so dense was the crowd within that a man stood before the doors with his arms out, keeping back the people who wanted to enter, and telling them they must wait another fifteen minutes. Heinrich and I joined the crowd and waited docilely with all the others: to me there was communicated some of the enormous patience of this crowd, which waited and which did not try to thrust past barriers. Presently the doors were opened, and we all went in.

I found myself in a vast long shed at the end of which, through the dense cloud of tobacco smoke which thickened the atmosphere almost to the consistency of a London fog, I could see the carcasses of two great animals revolving slowly on iron spits over troughs of red-hot coals.

The place, after the chill bite of the October air, was warm—warm with a single unmistakable warmth: the warmth of thousands of bodies crowded together in an enclosed place. And mingled with this warmth, there was an overpowering odor of food. At hundreds of tables people were sitting together devouring tons of flesh—ox flesh, great platters full of sliced cold sausages, huge slabs of veal and pork, together with great stone mugs that foamed with over a liter of the cold and strong October beer. There was a heavy and incessant rumble of voices full of food, that rose and fell in brittle waves. Down the central aisles and around the sides moved and jostled another crowd, looking restlessly over the densely packed area for a vacant place. And the brawny peasant women who acted as waitresses plunged recklessly through this crowd, bearing platters of food or a half-dozen steins of beer in one hand, and brusquely thrusting human impediments out of their way with another.

Heinrich and I moved with the crowd slowly down the central aisle. The feeders, it seemed to me, were for the most part great heavy people who already had in their faces something of the bloated contentment of swine. Their eyes were dull and bleared with food and beer, and many of them stared at the people around them in a kind of stupefaction, as if they had been drugged. And indeed the air itself, which was so thick and strong it could be cut with a knife, was sufficient to drug one's senses, and I was therefore glad when, having arrived at the end of the aisle and stared for a moment at the great carcass of the ox that was turning brown as it revolved slowly before us, Heinrich suggested that we go elsewhere.

The sharp air lifted me at once from lethargy, and I began to look about me quickly and eagerly again. The crowd was growing denser as evening approached, and I knew now that the evening was to be dedicated to food and beer.

Distributed among the innumerable smaller buildings of the fair, like lions couched among a rabble of smaller beasts, there rose about us the great beer halls erected by the famous breweries. And as thick as the crowd had been before the booths and shows, it seemed small compared to the crowd that filled these vast buildings—enormous sheds that each held several thousand people. Before us now, and from a distance, I could see the great red facade of the *Löwenbräu* brewery, with its proud crest of two royal lions, rampant. But when we came near the vast roaring of sound the hall enclosed, we saw that it would be impossible to find a seat there. Thousands of people were roaring over their beer at the tables, and hundreds more milled up and down incessantly, looking for an opening.

We tried several other of the great beer halls of the great breweries with no better success, but at length we found one which had a few tables set about on a small graveled space before the hall, screened from the swarming crowd outside by a hedge. A few people were sitting at some of the tables, but most of the tables were vacant: darkness was now approaching, the air was sharp and frosty, and there was an almost frantic eagerness to join the fetid human warmth, enter the howling tempest of noise and drunkenness that the great hall contained. But both of us were now tired, fatigued by the excitement, by the crowd, by the huge kaleidoscope of noise, of color and sensation, we had experienced.

"Let us sit down here," I said, indicating one of the vacant tables before the hall.

And Heinrich, after peering restlessly through one of the windows at the smoky chaos within, through which dark figures pushed and jostled like spirits lost in the foggy vapors of Valhalla, consented and took a seat, but with a disappointment he was unable to conceal. "It is beautiful in there," he said. "You cannot afford to miss it."

Then a peasant woman bore down upon us, swinging in each of her strong hands six foaming steins of the powerful October beer. She smiled at us with a ready friendliness and said, "The light or the dark?"

We answered, "Dark." Almost before we had spoken, she had set two foaming mugs before us on the table and was on her way again.

"But beer?" I said. "Why beer? Why have they come here to drink beer? Why have all these great sheds been built here by the famous breweries when all Munich is renowned for beer and there are hundreds of beer restaurants in the city?"

"Yes," Heinrich answered. "But—" he smiled and emphasized the word, "this is October beer. It is almost twice as strong as ordinary beer."

Then we seized our great stone mugs, clinked them together with a smiling "*Prosit*," and in the frosty sharp exhilaration of that air we drank long and deep the strong cold liquor that sent tingling through our veins its potent energy. All about us people were eating and drinking—near by at another table people in gay clothes had ordered beer, and now, unwrapping several paper bundles that they were carrying with them, they set out on the table a prodigious quantity of food and began to eat and drink stolidly. The man, a brawny fellow with thick mustaches and white woolen stockings that covered his powerful calves but left his feet and knees bare, pulled from his pocket a large knife and cut the heads from several salt fish, which shone a beautiful golden color in the evening light. From another paper the woman produced several rolls, a bunch of radishes, and a big piece of liver sausage, and added them to the general board. Two children, a boy and a girl, the girl with braided hanks of long blonde hair falling before her over the shoulders, both watchful and blue-eyed with the intent and focused hunger of animals, stared silently at the food as their parents cut it and apportioned it. In a moment, with this same silent and voracious attentiveness, all of them were eating and drinking.

Everyone was eating; everyone was drinking. A ravenous hunger, a hunger that knew no appeasement, that wished to glut itself on all the roasted ox flesh, all the sausages, all the salt fish in the world, seized me and held me in its teeth. In all the world there was nothing but Food—glorious Food. And beer—October beer. The world was one enormous belly—there was no higher heaven than the paradise of Cram and Gorge. All of the agony of the mind was here forgotten. What did these people know about books? What did they know about pictures? What did they know about the million tumults of the soul, the conflict and the agony of the spirit, the hopes, fears, hatreds, failures, and ambitions, the whole fevered complex of modern life? These people lived for nothing but to eat and drink—and they were right.

The doors of the great hall kept opening and shutting constantly as the incessant stream of beer drinkers pressed patiently in. And from within I heard the shattering blare of a huge brass band and the roar of five thousand beer-drunk voices, rocking together in the rhythms of *"Trink, Trink, Brüderlein, Trink!"*

Our savage hunger was devouring us: we called loudly to the bustling waitress as she passed us and were told that if we wanted hot food we must go within. But in another moment she sent another woman to our table who was carrying an enormous basket loaded with various cold foods. I took two sandwiches, made most deliciously of onions and small salted fish, and an enormous slice of liver cheese, with a crust about its edges. Heinrich also selected two or three sandwiches, and, having ordered another liter of dark beer apiece, we began to devour our food. Darkness had come on: all of the buildings and amusement devices of the fair were now blazing with a million lights; from the vast irradiant murk of night there rose and fell in wavelike nodes the huge fused roar and mumble of the crowd.

When we had devoured our sandwiches and finished our beer, Heinrich suggested that we now make a determined effort to find seats within the hall, and I, who had heretofore felt a strong repulsion toward the thick air and roaring chaos of the hall, now found to my surprise that I was ready and eager to join the vast crowd of beer-fumed feeders. Obediently now I joined the line of patient Germans who were shuffling slowly through the doors, and in a moment more I found myself enveloped in a cyclone of drunken sound, trampling patiently with a crowd that moved slowly around the great room looking for seats. Presently, peering through the veils and planes of shifting smoke that coiled and rose in the great hall like smoke above a battlefield, Heinrich spied two seats at a table near the center of the room, where, on the square wooden platform, forty men dressed in peasant costume were producing a deafening noise upon brass instruments. We plunged directly for the seats, jostling and half-falling over unprotesting bodies that were numb with beer.

And at last, dead center of that roaring tumult, we seated ourselves triumphantly, panting victoriously, and immediately ordered two liters of dark beer and two plates of *schweinwursd* and *sauerkraut*. The band was blaring forth the strains of *"Ein Prosit! Ein Prosit!"* and all over the room people had risen from their tables and were standing with arms linked and mugs upraised while they roared out the great drinking song and swung and rocked rhythmically back and forth.

The effect of these human rings all over that vast and murky hall had in it something that was almost supernatural and ritualistic: something that belonged to the essence of a race was enclosed in those rings, something dark and strange as Asia, something older than the old barbaric forests, something that had swayed around an altar, and had made a human sacrifice, and had devoured burnt flesh.

The hall was roaring with their powerful voices, it shook to their powerful bodies, and as they swung back and forth, it seemed to me that nothing on earth could resist them—that they must smash whatever they came against. I understood now why other nations feared them so; suddenly I was myself seized with a deadly fear of them that froze my heart. I felt as if I had dreamed and awakened in a strange barbaric forest to find a ring of savage barbaric faces bent down above me—blonde-braided, blond-mustached, they leaned upon their mighty spear staves, rested upon their shields of toughened hide, as they looked down. And I was surrounded by them; there was no escape. I thought of all that was familiar to me, and it seemed far away, not only in another world but in another time, sea-sunken in eternity ages hence from the old dark forest of barbaric time. And now I thought almost with warm friendliness of the strange dark faces of the Frenchmen, their cynicism and dishonesty, their rapid and excited voices, their small scale, their little customs; even all their light and trivial adulteries now seemed friendly and familiar, playful, charming, full of grace. Or of the dogged English, with their pipes, their pubs, their bitter beer, their fog, their drizzle, their women with neighing voices and long teeth—all these things now seemed immensely warm, friendly, and familiar to me, and I wished that I were with them.

But suddenly a hand was slipped around my arm, and through that roar and fog of sound I realized that someone was speaking to me. I looked down and there beside me saw the jolly, flushed, and smiling face of a pretty girl. She tugged at my arm good-naturedly and mischievously, spoke to me, nodded her head for me to look. I turned. Beside me was a young man, her companion; he, too, smiling, happy, held his arm for me to take. I looked across and saw Heinrich, his sallow, lonely, pitted face smiling and happy as I had never seen it before. He nodded to me. In an instant we, too, were all linked together, swinging, swaying, singing in rhythm to the roar of those tremendous voices, swinging and swaying, singing all together as the band played *"Ein Prosit"*. Ended at length the music, but now all barriers broken through, all flushed and happy, smiling at one another, we added our own cheers to the crowd's great roar of affirmation when the song was ended. Then laughing, smiling, talking, we sat down again.

And now there was no strangeness any more. There were no barriers any more. We drank and talked and ate together. I drained liter after liter of the cold and heady beer. Its fumes mounted to my brain. I was jubilant and happy. I talked fearlessly in a broken jargon of my little German. Heinrich helped me out from time to time, and yet it did not matter. I felt that I had known all these people all my life, forever. The young girl, with her jolly pretty face, eagerly tried to find out who I was and what I did. I teased her. I would not tell her. I told her a dozen things—that I was a Norwegian, an Australian, a carpenter, a sailor, anything that popped into my head, and Heinrich, smiling, aided and abetted me in my foolishness. But the girl clapped her hands and gleefully cried out, "No," that she knew what I was—I was an artist, a painter, a creative man. She and all the others turned to Heinrich, asking him if this was not true. And smilingly he half inclined his head and said I was not a painter but that I was a writer—he called me a poet. And then all of them nodded their heads in satisfied affirmation; the girl gleefully clapped her hands together again and cried out that she had known it. And now we drank and linked our arms and swayed together in a ring again. And presently, now that it was growing late and people had begun to leave the hall, we, too, got up, the six of us, the girl, another girl, their two young men, and Heinrich and myself, moved out among the singing, happy crowds again, and arm in arm, linked all together, moved singing through the crowds.

And then we left them, finally, four young people from the mass of life and from the heart of Germany, whom I should never see again—four people and the happy, flushed, and smiling face of a young girl. We left them, never having asked their names, nor they our own; we left them and lost them, with warmth, with friendship, with affection, in the hearts of all of us.

We went our way, and they went theirs. The great roar and clamor of the fair suffused and faded behind us, until it had become a vast and drowsy distant murmur. And presently, walking arm and arm together, we reached again the railway station and the ancient heart of Munich. We crossed the *Karlsplatz*, and at last we reached our dwelling in the Theresien and Louisen streets.

And yet we found we were not tired, we were not ready to go in. The fumes of the powerful and heady beer, and more than that the fumes of fellowship and affection, of friendship and of human warmth, had mounted to our brains and hearts. We knew it was a rare and precious thing, a moment's spell of wonder and of joy, that it must end, and we were loath to see it go.

It was a glorious night, the air sharp, frosty, and the street deserted, and far away, like time, the ceaseless and essential murmur of eternity, the distant, drowsy, wave-like hum of the great fair. The sky was cloudless, radiant, and in the sky there blazed a radiant blank of moon. We paused a moment at our dwelling, then as by mutual instinct walked away. We went along the streets, and presently we had arrived before the enormous, silent, and moon-sheeted blankness of the Old Pinakothek. We passed before it, we entered on the grounds, we strode back and forth, our feet striking cleanly on clean gravel. Arm in arm we talked, we sang, we laughed together. "A poet, yes," he cried, and looked exultantly at the blazing moon. "A poet, *ja*," he cried again. "These people did not know you, and they said you were a poet. And you are."

And in the moonlight, his lonely scarred and pitted face was transfigured by a look of happiness. And we walked the streets, we walked the streets. We felt the sense of something priceless and unutterable, a world invisible that we must see, a world intangible that we must touch, a world of warmth, of joy, of imminent and impending happiness, of impossible delight, that was almost ours. And we walked the streets, we walked the streets. The moon blazed blank and cold out of the whited brilliance of the sky. And the streets were silent. All the doors were closed. And from the distance came the last and muted murmurs of the fair. And we went home.

“Munich almost killed me.”

A Letter to Aline Bernstein

Munich
Thursday, Oct. 4, 1928

Dear Aline:

... To-day is the first time I have been for mail since Saturday. I went to the hospital Monday and got out this afternoon. I had a mild concussion of the brain, four scalp wounds, and a broken nose. My head has healed up beautifully, and my nose is mending rapidly ... I am shaven as bald as a priest—in fact, with my scarred head, and the little stubble of black hair that has already begun to come up, I look like a dissolute priest.

What happened I am too giddy to tell you about to-night. I shall begin the story and try to finish it to-morrow. I had been in Munich three weeks—during that time I had led a sober and industrious life—as I have since coming abroad. It is now the season here of the Oktoberfest. What the Oktoberfest is I did not know until a week or two ago when it began. I had heard of it from everyone. I thought of it as a place where all the Bavarian peasant people come and dance old ritualistic dances, and sell their wares, and so on. But when I went for the first time, I found to my disappointment only a land of Coney Island—merry-go-rounds, gimcracks of all sorts, innumerable sausage shops, places where whole oxen were roasting on the spot, and enormous beer halls. But why in Munich—where there are a thousand beer-drinking places—should there be a special fair for beer? I soon found out. The October beer is twice as strong as the ordinary beer—it is thirteen percent—the peasants come in and go to it for two weeks.

The Fair takes place in the Theresien Fields which are on the outskirts of the town, just before the *Ausstellungs Park* ... I went out to see the show two or three times—these beer halls are immense and appalling—four or five thousand people can be seated in one of them at a time—there is hardly room to breathe, to wiggle. A Bavarian band of forty pieces blares out horrible noise, and all the time hundreds of people who cannot find a seat go shuffling endlessly up and down and around the place. The noise is terrific, you can cut the air with a knife—and in these places you come to the heart of Germany, not the heart of its poets and scholars, but to its real heart. It is one enormous belly. They eat and drink and breathe themselves into a state of bestial stupefaction—the place becomes one howling, roaring beast, and when the band plays one of their drinking songs, they get up by tables all over the place, and stand on chairs, swaying back and forth with arms linked, in living rings. The effect of these heavy living circles in this great smoky hell of beer is uncanny—there is something supernatural about it. You feel that within these circles is somehow the magic, the essence of the race—the nature of the beast that makes him so different from the other beasts a few miles over the borders ...

This is what happened ... There is an American Church in Munich. It is not really a church—it is two or three big rooms rented in a big building in the *Salvator Platz*—a place hard to find, but just off the *Promenadeplatz*. They have six or eight thousand books there—most of it junk contributed by tourists. But you can go there in the afternoon for tea—if you are lonely you can find other Americans there … There was a young American there with his wife and another woman, his wife's friend … I was delighted to talk to these people; they asked about rooms, life in Munich, galleries, and so on … I told them about the Oktoberfest, and suggested that they go there with me during the afternoon, as the good museums were closed. So we went out together: the weather was bad, it began to rain. There was a great mass of people at the Fair—peasant people in their wonderful costumes, staring at all the machines and gimcracks. I took them through several beer halls, but we could find no seats. Finally, after the rain had stopped, we managed to get in at a table some people were leaving. We ordered beer and *Schweinswurst* ... and I was beginning to desire only to get rid of these people, who were full of quotations from the "American Mercury" … I was nauseated by them, I wanted to be alone. I think they saw this; they suggested we all go home and eat together; I refused and said I would stay there at the Fair. So they paid their share, and went away out of all the roar and savagery of the place.

When they had gone, I drank two more liters of the dark Oktober beer, singing and swaying with the people at the table. Then I got up and went to still another place, where I drank another, and just before closing time—they close at 10:30 there at the Fair, because the beer is too strong, and the peasants get drunk and would stay forever—just before closing time I went to another great hall and had a final beer. The place was closing for the night—all over the parties were breaking up—there were vacant tables here and there, the Bavarian band was packing up its instruments and leaving. I talked to the people at my table, drank my beer, and got up to go. I had had seven or eight liters—this would mean almost a quart of alcohol. I was quite drunk from the beer. I started down one of the aisles toward a side entrance. There I met several men—and perhaps a woman, although I did not see her until later. They were standing up by their table in the aisle, singing perhaps one of their beer songs before going away. They spoke to me—I was too drunk to understand what they said, but I am sure it was friendly enough. What happened from now on I will describe as clearly as I can remember, although there are lapses and gaps in my remembrance. One of them, it seems to me, grasped me by the arm—I moved away, he held on, and although I was not angry, but rather in an excess of exuberance, I knocked him over a table. Then I rushed out of the place exultantly, feeling like a child who has thrown a stone through a window.

Unhappily I could not run fast—I had drunk too much and was wearing my coat. Outside it was raining hard; I found myself in an enclosure behind some of the fair buildings—I had come out of a side entrance. I heard shouts and cries behind me, and turning, I saw several men running down upon me. One of them was carrying one of the fold-up chairs of the beer hall—it is made of iron and wood. I saw that he intended to hit me with this, and I remember that this angered me. I stopped and turned and in that horrible slippery mudhole, I had a bloody fight with these people. I remember the thing now with horror as a kind of hell of slippery mud, and blood, and darkness, with the rain falling upon us several maniacs who were trying to kill. At that time I was too wild, too insane, to be afraid, but I seemed to be drowning in mud—it was really the blood that came pouring from my head into my eyes … I was drowning in oceans of mud, choking, smothering. I felt the heavy bodies on top of me, snarling, grunting, smashing at my face and back. I rose up under them as if coming out of some horrible quicksand—then my feet slipped again in the mud, and I went down again into the bottomless mud. I felt the mud beneath me, but what was really blinding and choking me was the torrent of blood that streamed from gashes in my head. I did not know I bled.

Somehow—I do not know how it came about—I was on my feet again, and moving towards the dark forms that swept in towards me. When I was beneath them in the mud, it seemed as if all the roaring mob of that hall had piled upon me, but there were probably not more than three. From this time on I can remember fighting with only two men, and later there was a woman who clawed my face. The smaller figure—the smaller man—rushed towards me, and I struck it with my fist. It went diving away into the slime. I was choking in blood and cared for nothing now but to end it finally—to kill this other thing or be killed. So with all my strength I threw it to the earth: I could not see, but I fastened my fingers and hand in its eyes and face—it was choking me, but presently it stopped. I was going to hold on until I felt no life there in the mud below me. The woman was now on my back, screaming, beating me over the head, gouging at my face and eyes. She was screaming out "Leave my man alone!" (*"Lassen mir den Mann stehen"*—as I remember). Some people came and pulled me from him—the man and woman screamed and jabbered at me, but I could not make out what they said, except her cry of "Leave my man alone," which I remember touched me deeply ...

These people went away—where or how I don't know—but I saw them later in the police station, so I judge they had gone there. And now—very foolishly perhaps—I went searching around in the mud for my hat—my old rag of a hat which had been lost, and which I was determined to find before leaving. Some German people gathered around me yelling and gesticulating, and one man kept crying *"Ein Arzt! Ein Arzt!"* ("A Doctor! A Doctor!"). I felt my head all wet, but thought it was the rain, until I put my hand there and brought it away all bloody. At this moment, three or four policemen rushed up, seized me, and hustled me off to the station. First they took me to the police surgeons—I was taken into a room with a white, hard light. The woman was lying on a table with wheels below it. The light fell upon her face—her eyes were closed. I think this is the most horrible moment of my life ... I thought she was dead, and that I would never be able to remember how it happened. The surgeons made me sit down in a chair while they dressed my head wounds. Then one of them looked at my nose, and said it was broken, and that I must go the next day to a doctor. When I got up and looked around, the woman and the wheeled table was gone. I am writing this Saturday (six days later): if she were dead, surely by this time I would know. ...

Sunday morning.

I do not think I have told you what happened to me after the police doctors had looked at my wounds and dressed them that night at the Oktoberfest—or how I found doctors to look after me, and so on. From the doctors I was taken before the police next door where they asked me many questions which I did not answer. They also had two of the other men there, looking very bloody, also—and perhaps others I did not see. Then they let me go, when they could get nothing out of me. I had lost my hat, and was one mass of mud and blood: it was raining hard and wet: a young man I did not know went along with me, and when I asked him what he wanted, he said he "had no role to play." We got a street car and came back to the center of town where I got off and shook him—at the *Odeonsplatz*.

That day at lunch with the three people who had gone to the Fair with me, I had met a young American doctor who had come here for special study. Now I was going back to their place to get his address. I found the married pair in bed, and the other woman out with the doctor. They stood around and gasped and looked scared—the woman made me a cup of tea—and in a few minutes the woman and the doctor came back. He gave me the address of another American doctor who was working in a famous clinic here, and told me to see him the first thing the next morning.

I got a taxi and drove through town to the clinic. My appearance almost caused an earthquake in the pension, and people in the streets stared at me. I had been directed to Dr. Von Muller's clinic—and Dr. Von Muller is one of the greatest doctors in the world. His picture was in all the papers the other day—on his seventieth birthday … I found the great man in the office, and when I asked for his American assistant—Dr. Du Bois, whose name I had been given—I was told he was at home, and that I should go there. I felt low-spirited and was on the point of asking old Von Muller himself to look at my head (which would have been a great breach), when in came this man Du Bois. The name is French, but you never saw anyone more prim and professorily American. He was very tidy and dull-looking, with winking eyeglasses, and a dry prim careful voice. I felt done for. I told him what had happened and where I was hurt, and he listened carefully, and then said in his precise careful way that we ought perhaps—ah—to see what can be—ah—done for you. By this time, I thought I was dead.

But here let me tell you the truth about this man, Dr. Du Bois, who is, I found later, a professor in the Cornell

Medical School (hence the professorly manner). He is one of the grandest and kindest people I have ever met. In this dry prim way he showed me for days the most amazing kindness—and then refused to accept anything for his services, although he had come to my pension with me in a taxi, to help me pack, when the German doctor said I had to come to the hospital, and had gone back with me, and had visited me once or twice a day, and brought me books during the time I was there in the hospital. At any rate, he asked the great Von Muller first of all where we should go, and the great Von Muller had said that we should go across the street to the Surgical Building and see the great Lexer, who is the best head surgeon in Germany.

Monday night
Midnight—Salzburg

My dear, I held my breath until I got over the blessed border to-day—I have escaped. To-night—in spite of a desperate cold that is making me blind—I feel that life from now on is going to be freer and happier and wiser—and although I've had this silly feeling before, I believe somehow it's going to be true. Munich almost killed me. It scarred my head and broke my nose, and last of all smote me in ten wretched seconds with a deadly cold which burned like fire along the membranes of my nostrils, and then made a sour lump in my throat. Munich almost killed me—but in five weeks, it gave me more of human experience than most people get in five years …

The *Herr Geheimrat*, I believe, has made a bad job of the nose. It looks to me hopelessly crooked, although people in Munich insisted it looked all right. My hair is out in a wolly nigger fuzz, and my scars shine through the brush. …

P.S. The accursed weather of Munich cannot be described. Snow fell there the other day—mid-October! And God! how I came to hate the leaden sky, the wet thin sunshine. But the magic that is around Salzburg—all white—and lovely!

Thomas Wolfe's Passion for the Munich Beer Festival

"Nur wer die Sehnsucht kennt"

"A destiny that leads the English to the Dutch* is strange enough"—these are the opening words of one of the greatest novels of modern American literature: Thomas Wolfe's *Look Homeward, Angel.* What strange destiny was it then that led a 26-year-old American amongst the Bavarians? It was his lot, the author of the novel would surely have suggested, Munich being from early on his place of longing, the place he believed to represent the pure and unadulterated, "typically German". For Wolfe, Germany was lust for living, exuberance, intellectual and sensual passion and ultimately a piece of that distant home country from which his paternal ancestors once emigrated to the United States.

Growing up as the youngest of eight children in Asheville, North Carolina, a small town nestled in the Blue Ridge Mountains, young Tom was faced from boyhood on with what he would later describe as "a Dutch* love of abundance". Around the family dinner table, baccha-

* "Dutch" referring here to the Pennsylvania Dutch and their descendants, i.e., the immigrants from southwest Germany who settled in Pennsylvania in the 18th century.

nalian pleasures, feasting, and excessive intoxication was daily fare. The boy internalized the concept of overindulgence as a German cardinal virtue. Being prompted at mealtimes to attack "gargantuan portions", he developed into the archetype of a bon vivant, overspending in every possible way, his huge physique in itself embodying the ideal of pleasurable indulgence.

Heritage, but for the most part his environment and childhood impressions breeded Wolfe's affinity to Germany, linking it to distinct ideas that would permanently shape his perception. Needless to say, sympathizing with Germany was not a given for an American of his generation. This was no longer a time when people across the Atlantic would warm to the soulful *German Gemütlichkeit* and stand in awe of the land of poets and philosophers. When the USA joined the First World War in 1917, propaganda against the bloodthirsty "Huns" was slipping into gear, and anti-German sentiment ran rampant. Thomas Wolfe stubbornly refused to believe the horror images of Teutonic barbarianism. Instead, he holds on to his father's legacy and what he takes for the genuine German ideal in terms of his own search for identity. It is telling that during his first trip to Europe in January 1925, inspired by a fairly concrete masculine desire, he confides to a pen friend: "I've had an eagle eye fastened on Munich and beer, and robust blondes for some time." It would be almost two more years before he was finally able to indulge in these amusements.

"The best beer I have ever tasted!" | «Das beste Bier, das ich jemals getrunken habe!»

The (liquid) Measure of all things: the Hofbräuhaus in 1921 | Maß aller Dinge: das Hofbräuhaus, anno 1921 (Foto: Georg Pettendorfer © Stadtarchiv München)

"München, Stadt am Isarstrande"

When in December 1926, Thomas Wolfe steps off the train in Munich, a long-cherished wish is fulfilled. He has his luggage taken to the "Hotel Vier Jahreszeiten" and immediately sets off for the lion's den. The "Hofbräuhaus" is a revelation. He finds a table next to the door, orders his first *Maß*, and after a single sip he is convinced: "This is the best beer I have ever tasted." Cheerful revellers, the penetrating mix of kitchen odors, beer, pipe and cigar smoke, the ear-splitting din, boisterous talk and arguing, twelve hundred Teutons joyously raising their glasses… all this by far exceeds his expectations. "My God! How the people eat and drink!", he writes to his mother on a postcard depicting Neuhauser Straße.

The next day, Wolfe explores Munich, back then a town with a population of around 680 000. A baroque metropolis whose residents are joyously ostentatious and free to indulge in the pleasures of life, the town is at its most hospitable. After the hardships of World War One and the subsequent inflation (in 1923, a *Maß* cost 21 million marks), Munich has returned to its vigorous self. With its down-to-earth joviality, cheery willfulness and extravagant hedonism, it is perfectly in keeping with Wolfe's personal ideals.

We would be mistaken though to assume that our lover of beer and blondes had nothing else in mind than to wallow in creature comforts. Munich is a town of culture, and even the *homo bavaricus* does not subsist solely on beer. Thomas Wolfe embarks on a cultural marathon that takes him to the Glyptothek, the Deutsches Museum, the Maximilianeum, and the Alte Pinakothek, where he admires the Dürers, Cranachs, Grünewalds, and Rubens. In the Neue Staatsgalerie at Königsplatz he views the pictures by Cézanne, van Gogh, Matisse, Renoir and Manet, and stands aghast in front of the "hideous paintings of the victorian Germans". He takes long walks through the snow-covered Englischer Garten, strolls through the Maxvorstadt and legendary bohemian Schwabing, warming up in coffeehouses, listening in on the natives and avidly taking notes. Meanwhile he proceeds to work on his epic novel *Look Homeward, Angel*. Inspired by the wish to read his own name on the cover of a book one day, he examines the windows of Munich's bookstores, discovering not only the novels by Thomas Mann and Jakob Wassermann, but also the German editions of books by young American authors. Despite his scant knowledge of the German language, he spends many evenings at the theater, gaining a thorough impression. He sees *Der Zug nach dem Westen* (an orchestral revue), Shaws *Man and Superman*, Richard Wagners *Rheingold*, and a "Bavarian Vaudeville" on the Platzl—one of his most memorable cultural experiences.

In the course of his first visit to Munich, the benevolent stranger turns into a lifelong enthusiast. The mentality—traditional and yet urbane, beer-loving and spirited—greatly appeals to him, with the exception of "a sort of German—young gentlemen with dueling scars in their faces, and older ones with shaven bullet heads, small porky eyes, and three ridges of neck over the back of their collars", whose overbearing attitude he detests. After departing for Vienna, he claims that Munich afforded him some of the greatest experiences of his life, which doubtless would have sufficed to draw the North Carolina greenhorn to Munich on a regular basis. But then he learns that the Bavarian love of life and beer can be raised to yet a higher level, and if he returned for the annual beer festival opening in mid-September, he would encounter not hundreds, but thousands of people raising their glasses in orgiastic exultation. Wolfe does not think twice.

"Ein Prosit der Gemütlichkeit"

He arrives in September 1927, just in time for the broaching of the first barrel. He rents a room in a small guesthouse on Amalienstraße. The landlady's son offers to accompany him on his first visit and introduce him to the mysterious dionysian rites of Bavarian merrymaking. Wolfe makes no attempt to hide his initial disappointment, the whole event reminding him of a cheap provincial copy of the famous south Brooklyn amusement park. Roller coasters, penny arcades, side shows and drinking venues—why bother traveling thousands of miles for that? What he instantly appreciates though is the folk rolling in from every corner of the land. He is intrigued by the festival splendour, the country women dressed up in their impressive costumes, the Munich

"My God! *how* the people eat and drink!" | «Mein Gott! *wie* die Leute essen und trinken!»

Munich food culture in the late twenties | Münchner Verzehrkultur Ende der 1920er Jahre (Foto: Philipp Kester, Der Wirt des «Donisl» beim Weißwurstessen © Münchner Stadtmuseum, Sammlung Fotografie) ladies in their elegant dirndls and the imposing Bavarian men in leather shorts or their Sunday best, and just as vain as the fair sex.

After watching an artistic performance, they try their luck with one of the festival halls, and in spite of himself, the guest is impressed by its dimensions. The pre-war years had seen the gradual replacement of the festival's traditional little booths by monumental beer halls (*Bierhallen*, as the festival tents were then called), sponsored by Munich's chief breweries. The revolutionary thing about this concept was the forty-man music band in the center, rousing the crowd with a finely calibrated repertoire of Bavarian marches, popular songs like *Ein Prosit der Gemütlichkeit*, *Oans, zwoa, drei, g'suffa*, or *La Paloma* (the first *Wies'n* hit), waltzes, polkas, and operetta tunes. Holding up to 6000 guests and equipped with a powerful sound system, these beer halls substantially intensified the atmosphere, paving the way for the modern mass event with thousands of people clapping and swaying along to the music and merging into a homogeneous community of revellers.

It takes a while before the two visitors gain entry into the *Bierhalle*, and it takes a while longer before Thomas Wolfe abandons his skeptical observer's standpoint. Eventually though, he realizes the need to become a part of the event in order to fathom its true nature. Torn between fascination and horror, he and his companion bravely make their way through the crowds until they reach the human earthquake's epicenter. Under the impression of the vibrant crowds and the influence of the odd *Maß*, Wolfe yields to the exhilaration. Crooning and swaying along with the others, he no longer feels like a stranger, but like an initiate, a man accepted into the *communitas bavariae*. The experience literally sends him into raptures. He realizes what makes the place so unique: losing oneself in the crowd, blending in with an ecstatic community of carousers and enjoying the feeling Freud termed "oceanic". His wariness is gone, and the notion of being a stranger at the mercy of elemental Teutonic forces turns into sincere enchantment, a deeply felt spiritual kinship.

It is precisely this discrepancy between trepidation and euphoria, a necessary correlation (known to every experienced Oktoberfest visitor) spawning a dialectical process, which from now on marks Wolfe's passion for Munich. He never warmed to Paris, he was fond of London and charmed by Vienna and Berlin, but only Munich bestowed on the sentimentalist Wolfe such tremendous surges of delight.

"O Haupt voll Blut und Wunden"

In a rage of enthusiasm as to the events of 1927, a year later and for the third time in a row, Thomas Wolfe again lingers in Munich, again arriving just in time for the Oktoberfest. Strolling through town, he feels very much at home. At the "Augustiner" on Neuhauser Straße he strikes up a conversation with a native, and the two men engage in a political discussion. The ideologically charged relationship between Europe and America is a major topic of the day and frequently discussed over beer at the *Stammtisch*. But, alas, while the American utters his idealistic views, his Bavarian interlocutor turns out to be a dyed-in-the-wool materialist who puts more stock in food and drink than in culture and higher philosophy. Wolfe (himself by no means averse to the pleasures of life) must have been deeply impressed by this "great fat boy" who before his eyes "swilled down liters of beer and gorged himself with the fourteen different meats and sausages of a *delicatessen aufschnitt*. There is not a picture or a book in the world for which he would have forgone a liter of his beer."

There were less entertaining lectures to come. One unfortunate Oktoberfest night, Wolfe learns first-hand on, and more abruptly and disastrously than he would ever have imagined, that the good humor linked to Munich's inhabitants is not unlimited and the much-applauded *libertas bavariae*, when thoughtlessly challenged, can turn into quite a different manifestation of Bavarian folklore. Recounting the incident in a letter, Wolfe does not deny that his hot temper was largely to blame for the brawl. Unexpectedly, he describes the mishap with the aloofness of a true American sportsman. But the most surprising thing is that despite the episode he later comes to describe as "strange, wild, ugly and beautiful" he never surrendered his love for Munich—a love that must have been ambivalent to the extreme.

In his later, posthumously published novel entitled *You Can't Go Home Again*, Wolfe magnifies the Munich trauma into an outright catharsis for his alter ego, George "Monk" Webber: "... cursing, whoring, drinking, brawling his way across the continent—had had his head bashed in, some teeth knocked out, and his nose broken in a beer-hall fight. And then, in the solitude of convalescence in a Munich hospital, lying in bed upon his back with his ruined face turned upwards towards the ceiling, he had had nothing else to do but think. There, at last, he had learned a little sense. There his madness had gone out of him, and for the first time in many years he had felt at peace within himself."

Wolfe was lucky to survive the incident and escape from it with no more than a scare. The near-tragedy is in fact topped by a satirical aftermath: Wolfe has halfway recovered, his cuts and bruises barely healed, his broken nose fixed, when during a sojourn in Oberammergau several weeks later one of his head injuries sends him to the hospital for aftertreatment. In January 1929, he recounts with some amusement the bizarre event of being tended by none other than Pontius Pilate and Judas—a doctor and an orderly both performing as amateur actors in the 1930 passion play.

Due to or despite his own sufferings, the festival's extraordinary significance is further emphasized by Wolfe's plan to name the sequel to *Look Homeward, Angel* after same event: *The October Fair, or Time and the River: A Vision*, conceived not only as a novel, but as an entire cycle of novels, more elaborate and extravagant than anything he had yet written—the Munich Oktoberfest as a symbol of the vicissitudes of life, the rigors of human fate, the merciless passing of time, and our ever-shifting, deceitful world. Had the plan not been thwarted by its sheer monstrosity, this overdimensional literary legacy would be promoted in Munich's bookstores every year in September.

"Von Kopf bis Fuß auf Liebe eingestellt"

In view of the overwhelming feelings aroused in him at the Oktoberfest, it may seem surprising that Wolfe makes no or little mention of the most powerful emotions of all: love. There is however a plausible explanation for this. In 1925, on the crossing from England back to the USA, Thomas Wolfe had met a woman named Aline Bernstein, a Jewish-born costume designer, twenty years his senior, married to a successful New York businessman and the mother of two grown-up children. She became his lover and patron, encouraging him to write and generously sponsoring his extended European travels. During a joint visit to England in 1926, Thomas Wolfe had begun working on *Look Homeward, Angel*, and thanks to Bernstein's support he henceforth enjoyed the freedom to work on the novel wherever and whenever he pleased. The affair lasted until 1930, and it makes perfect sense that in his autobiographical notes and correspondences, certain aspects of his private life are omitted.

Instead of pursuing below the belt speculations though, let us further elucidate the reasons for Wolfe's infatuation with Munich. There remains the objective fact that Oktoberfest visitors of both sexes have always been a red-blooded crowd, and the festival past and present a hot-bed of libidinous immoderation. In Wolfe's year of birth, the Munich police admonished the women shamelessly lolling on the carrousel in explicit poses and displaying their feminine charms, "fussing about on the horses and mocking every form of propriety. With flushed faces and hair come undone, there appeared to be no limit to their abominable behaviour". The festival's appeal has always been altogether carnal, and a man like Thomas Wolfe, open to the lure of the erotic, would hardly have failed to notice the Oktoberfest's loosened atmosphere and the allure of the Munich blondes. Sublimated lust being no less potent than unbridled libido, it is irrelevant whether Wolfe was able or inable to resist the innumerable temptations that undoubtedly came his way.

What's more, Wolfe's concealment, or perhaps sublimation, of sexuality demonstrates that literature is always a reproduction of reality. A masterful storyteller is one who creates a unique reality and arranges individual elements into a consistent atmospheric whole, regardless of whether they stem from experience or invention. And this is what Wolfe achieves in *Oktoberfest*, in a letter to his mistress, and in both episodes, his initiation experience of 1927 as well as the 1928 brawl, which were later rewritten for his novel *The Web and the Rock* (posthumous 1939). And then there are the author's small blunders that emphasize the semblance of authenticity rather than spoil it—as in the narrator's opening claim that the Theresienwiese is located in the eastern part of town, or when Wolfe in a letter prides himself on having an entire liter of alcohol in his blood after imbibing eight *Maß*, i.e., eight liters of beer—an error that results from confusing the alcoholic content of Oktoberfest beer (about 6.3% alcohol by volume) with its original gravity (about 13.5%); in fact, 0.4 liters is more realistic. Likewise, some of the author's slightly awkward turns of phrase by no means impair the story's credibility—*"Lassen mir den Mann stehen"* could have stood for the Bavarian *"Lassen's mir den Mann in Ruh'"*, and the man who "had no role to play" (*"keine Rolle spielt"*) poses a rather endearing inaccuracy.

"As Time Goes By"

After leaving as a nobody, Wolfe returns to Germany as a star of American literature after six years. 1929 saw the publication of his debut novel *Look Homeward, Angel*, and the book instantly made him famous. Next to F. Scott Fitzgerald (whom he met in Paris), William Faulkner and Ernest Hemingway, he now ranked among the chief representatives of young modern prose. In Germany, the 1930 German translation was highly acclaimed by critics as well as renowned fellow authors like Hermann Hesse, Gottfried Benn, Hermann Broch or Klaus Mann.

Thomas Wolfe's 1935 trip to Germany has pragmatic reasons: Due to the strict currency regulations introduced by the National Socialists, his publisher cannot transfer his fee from the German edition's sales. If Wolfe wants his money, he will have to travel to Germany and spend it there—which the author is more than happy to do. He does not make it to Southern Germany this time, but finds he feels just as comfortable in the north. In a long letter to his publisher written at the Wartburg, he once again expresses his heartfelt connection with Germany and his admiration for its inhabitants, "the most child-like, kindly and susceptible people in the whole world". He praises their noble sense of freedom and awe, their profundity and gift for devotion, and even when referring to their nationalist mania, manifest in an "inspired belief in a fatal and destructive thing", there is an undertone of consideration. He is convinced that trustfulness, not moral degeneracy, has led the Germans astray. The evil that so many Americans saw embodied in Hitler's Germany is "curiously and inextricably woven into a kind of wonderful hope which flourishes and inspires millions of people".

One year later, in the summer of 1936, the moment of truth arrives. After eight years' absence, Wolfe risks a side trip to Bavaria's capital, stopping by at the Alte Pinakothek to see his beloved Dürers, Cranachs and Grünewalds; he leaves and visits the town one last time in late August. Once again meeting up in Berlin with his publisher, Heinrich Maria Ledig-Rowohlt, and experiencing Hitler's propaganda Olympics, he has recognized that his Germany is a thing of the past. It is time to bid farewell to his benevolence and his enthusiasm for Germany and the German people. In a protracted and utterly painful process of detachment, Thomas Wolfe has come to realize that under the portents of Fascism, his long-held Germanophilia is proposterous. In early September 1936, in what seems like a final invocation of a man who has given up all hope, he writes on a postcard of the Feldherrnhalle: "This is a wonderful city—after eight years it seems very natural and friendly."

After his failed 1923 coup attempt at the Feldherrnhalle, Hitler designates Munich "Capital of the Movement" in 1935. It may have been a small comfort to Wolfe, but he sounds relieved that the present "Führerstadt" is still the Munich he used to know.

"Muss i' denn zum Städtele hinaus"

The Oktoberfest reopened on September 19, 1936, but Wolfe—wisely—was not among the visitors. Like everywhere else in Germany, the new rulers were setting the agenda and exhibiting their propaganda skills at the newly dubbed "Großdeutsches Volksfest" (Greater German folk festival). The blue-and-white and black-and-yellow flags were replaced by swastikas, and the "Reichsnährstand" (corporation of farmers in Nazi Germany) marched side by side with Nazi-saluting brownshirts and the "aryan" *Jungvolk*.

Thomas Wolfe's days in good old Germany were numbered. Undeniably, his beloved "Land of the Enchanted Forest, land of legends and the magic of the elves", the home "of the truth-lover and the truth-seeker", the land of idealism, that vigorous cultural nation has become an intellectual and spiritual wasteland. The new rulers have succeeded in turning the welcoming Germans into a hostile, xenophobic, and paranoid "host people". In *You Can't Go Home Again* he makes one last declaration of love to his lost home country: "Suddenly he thought of Germany, and thought of it with intense longing. Of all the countries he had ever seen, that was the one, after America, which he like the best, and in which he felt most at home, and with whose people he had the most natural, instant, and instinctive sympathy and understanding. It was also the country above all others whose mystery and magic haunted him. He had been there several times, and each time its spell over him had been the same. And now, after the years of labour and exhaustion, the very thought of Germany meant peace to his soul, and release, and happiness, and the old magic again."

On leaving Nazi Germany, an occurence on the train finally opens his eyes to the grim reality. At the border of the *Reich*, a Jewish fellow traveller is intercepted by SS-men, removed from the compartment und brutally led away. Like so many other events in his life, Wolfe turns it into a story: *I Have a Thing to Tell You* was published in 1937, and as a consequence, the Nazis declared Thomas Wolfe an undesirable author.

"Abend ward, nun kommt die Nacht"

One summer later—while the Theresienwiese is setting up for its 119th Oktoberfest—Thomas Wolfe sojourns in Seattle and falls ill with a severe case of pneumonia. His condition rapidly deteriorates, the infection leading to the relapse of an old seat of pulmonary tuberculosis. Wolfe is transferred to the Johns Hopkins Hospital in Baltimore and diagnosed with tubercular meningitis. The emergency operation performed on him comes too late, the entire right side of his brain is already afflicted, and the patient does not resume consciousness. Thomas Wolfe dies on September 15, 1938, eighteen days before his 38th birthday.

On that same day, British prime minister Chamberlain arrives in Munich on a mission of historical importance, namely a two-and-a-half-hour negotiation with Hitler in the latter's Berchtesgaden alpine residence—on the erroneous assumption that peace in Europe can be maintained by making wide-ranging concessions to the Führer in terms of the Sudeten German question. In fact, it is the beginning of the end. Chamberlain returns to London, and on Saturday, September 24, Munich's marching bands once again blare out in reckless abandon. One last time, and for a long time to come, beer steins are filled to the brim and guests from far and wide raise their glasses and glory in that oceanic feeling. One year later, the Second World War has wiped out the last remaining *Prosit der Gemütlichkeit*.

Horst Maria Lauinger

(translated by Monika Schmalz)

INHALT | CONTENTS